LA MALÉDICTION DES LOUVES

DU MÊME AUTEUR

Chez le même éditeur

L'ANGÉLUS DE MINUIT, 1989
LE ROI EN SON MOULIN, 1990
LA NUIT DES HULOTTES, 1991
Prix RTL-Grand Public 1992
Prix du Printemps du livre 1992
Grand Prix littéraire de la Corne d'or limousine 1992
LE PORTEUR DE DESTINS, Seghers, 1992
Prix des Maisons de la presse 1992
LES CHASSEURS DE PAPILLONS, 1993
Prix Charles-Exbrayat 1993
UN CHEVAL SOUS LA LUNE, 1994
CE SOIR, IL FERA JOUR, 1995
Prix Terre de France, *La Vie*, 1995
L'ANNÉE DES COQUELICOTS, 1996
L'HEURE DU BRACONNIER, 1997
LA NEIGE FOND TOUJOURS AU PRINTEMPS, 1998
LES FRÈRES DU DIABLE, 1999
LYDIA DE MALEMORT, 2000
LE SILENCE DE LA MULE, 2001
LE VOLEUR DE BONBONS, 2002
LUMIÈRE À CORNEMULE, 2002
DES ENFANTS TOMBÉS DU CIEL, 2003
LA COULEUR DU BON PAIN, 2004
LES COLÈRES DU CIEL ET DE LA TERRE, 2005
1. LA MONTAGNE BRISÉE
2. LE DERNIER ORAGE
JUSTE UN COIN DE CIEL BLEU, 2006
NOUS IRONS CUEILLIR LES ÉTOILES, 2007
ET L'ÉTÉ REVIENDRA, 2008

(voir la suite en fin de volume)

GILBERT BORDES

LA MALÉDICTION DES LOUVES

roman

ROBERT LAFFONT

ISBN 978-2-221-11005-8

Première période

ÉTÉ-AUTOMNE-HIVER 1969

L'heure est venue. Martial Peyrignac range dans son agenda la petite feuille de carnet sur laquelle sont inscrits ces trois mots. Que signifient-ils ? Il l'ignore et pense que c'est une mauvaise plaisanterie. Il se lève et sort sur le balcon de son bureau.

Il fait chaud ce 30 juin 1969. L'élection de Georges Pompidou à la présidence de la République et la nomination de Jacques Chaban-Delmas au poste de Premier ministre rassurent les gens après le départ du général de Gaulle. Comme chaque soir à cette heure, Martial Peyrignac regarde ses ouvriers rentrer chez eux. Impassible, berger soucieux de son troupeau, sa lourde silhouette silencieuse rassure. Tant qu'il sera là, personne n'aura à se faire de soucis. La réussite du patron, comme on l'appelle à Maubade, est aussi celle de cette bourgade de Touraine entre Montrésor et Genillé. Les camions partent chaque jour à la gare de Tours où des trains emportent les meubles de la Fabrique vers les grandes villes. C'est leur fierté, aux Maubadois, de savoir que le produit de leur travail va dans les beaux appartements d'Orléans, de Nantes et même de Paris. Comment croire, dans ces conditions, les rumeurs alarmistes qui, du bistrot de Marthe, rendez-vous des ouvriers syndicalistes, s'en vont jusqu'aux maisons les plus reculées de la commune ? On chuchote que l'usine est au bord de la faillite, que les dépenses inconsidérées de la belle Virginie conduisent la Fabrique vers le gouffre.

La fille aînée du patron dirige le service des ventes et plus particulièrement les représentants. Les gens s'étonnent qu'à vingt-sept ans, cette élégante femme ne soit point mariée et les ragots vont bon train : « Elle est trop coquette ! Il lui faudrait un prince ! »

Martial Peyrignac laisse dire ; ce n'est pas un homme à confier ses soucis ni même à parler librement avec n'importe qui. Il domine les autres par son silence hautain, sa tenue toujours impeccable, costume sombre, gilet noir sur sa chemise blanche barrée par la chaîne en or de sa montre. Il porte un chapeau démodé à bords étroits sous lequel sa large figure sévère reflète toute sa détermination. Deux favoris d'une barbe grise courent sur chaque joue pour se rejoindre sur la lèvre supérieure. Cette fantaisie d'un autre âge ne fait que souligner chez lui la puissance de son cou et la volonté inflexible de tout son être.

Non, l'homme seul ne cède jamais ; ses ordres tombent, nets, précis, incontournables. Il reste sourd aux exigences du syndicat nouvellement formé qui réclame l'application de la convention collective signée l'automne dernier, de substantielles augmentations de salaire et la quatrième semaine de congés payés.

Martial Peyrignac regarde s'éloigner le dernier groupe d'ouvriers qui saluent Roger Martin venu fermer le grand portail de fer. Il pousse la fenêtre, revient s'asseoir, pose ses grosses mains de travailleur sur son bureau. Ses épais sourcils s'abaissent sur ses yeux sombres. Il détache sa cravate et ouvre enfin le livre de comptes que Foucault, le chef comptable et homme de confiance, a apporté avant de s'en aller. Les chiffres donnent raison aux rumeurs : la Fabrique est au bord de la faillite. Beaucoup plus que les dépenses de Virginie, le tassement du marché et l'obstination du patron à ne rien changer à sa production ont eu raison de l'usine la plus saine du département. Martial Peyrignac doit trouver de l'argent frais pour faire face aux prochaines échéances, sinon c'est la chute, le déshonneur.

— Ça, jamais ! s'exclame l'homme qui serre ses gros poings.

Il sort de son tiroir une lettre dépliée qu'il a dû ranger là pour la soustraire aux regards. Quelques lignes seulement : *Je m'ennuie de toi, de Léon et de Maubade. Passons l'éponge, oublions le passé et redevenons les deux frères complices que nous étions avant les événements. Je crois savoir que tu as des difficultés, je peux t'aider. Louis.*

Il fait une légère grimace. Cette lettre lui rappelle un passé vieux de vingt-cinq ans qui ne veut pas s'effacer : la mort de sa jeune sœur, Marie, pendant la Résistance...

Trois coups frappés à la porte le surprennent. Il range la lettre dans le tiroir, puis dit au visiteur d'entrer.

C'est son neveu, Vincent Peyrignac, le fils de Marie, dont il a été le tuteur et qui travaille à la Fabrique. Âgé d'une trentaine d'années, Vincent porte une superbe moustache soigneusement gominée et dressée en deux cornes souveraines. Ses cheveux noirs ondulés rehaussent la forme gracile de son visage. Il baisse les yeux, comme brûlé par le regard fixe de son oncle.

— Toi, Vincent ? s'étonne Martial Peyrignac, sur un ton sec. Que veux-tu à cette heure ?

— Mon oncle, je voulais vous dire... À propos de...

— La place de contremaître ? C'est non, je te l'ai déjà dit.

Vincent a un imperceptible mouvement de paupières.

— Il ne s'agit pas de cela, mon oncle, mais de vous avertir que les ouvriers grognent. Ils réclament l'application de la loi.

— Eh bien, qu'ils grognent ! Que veux-tu que cela me fasse ?

Le jeune homme porte machinalement la main droite à sa moustache qu'il touche du bout de l'index. Ce très beau garçon ne brille par aucune qualité particulière, mais il plaît aux femmes ; plusieurs fois, Peyrignac l'a menacé de l'exclure de la Fabrique s'il ne cessait de provoquer des scandales par ses multiples aventures qui sèment la discorde parmi ses ouvriers.

— Ils ne parlent que de ça ! insiste le jeune

homme. Grangean est fort en gueule et sait persuader les autres. Vous avez contre vous les partis politiques, les communistes en particulier.

Peyrignac observe son neveu sous ses sourcils noirs. Quel jeu joue le jeune homme ? N'est-ce pas lui qui a glissé dans son agenda la feuille de carnet avec les trois mots : « L'heure est venue » ? Sous sa légèreté de façade, le jeune homme cache une fourberie dont le patron a appris à se méfier. « Il me déteste, moi qui le fais vivre ! Il m'en veut de la mort de sa mère. Qu'est-ce que j'y pouvais, moi ? Ce garçon est capable de toutes les forfaitures. »

— Grangean est un beau parleur, ajoute Vincent. Vous devez vous méfier de lui.

— Je ne le connais pas. Il sent le purin à un kilomètre !

Ce dédain que Peyrignac affiche souvent pour ses adversaires, surtout les plus humbles, déplaît à Vincent, qui précise :

— Il sait convaincre ! Méfiez-vous de lui. Il fait dire tant de choses sur vous. Il ne cesse de répéter que vous refusez d'appliquer la convention collective.

— Et même si c'était ! Je ne crois pas aux politiques sociales, voilà, c'est dit ! Je ne crois pas aux lois qui contraignent les uns et les autres. Je crois que les hommes sont assez grands pour se défendre eux-mêmes. L'État doit intervenir le moins possible dans les affaires privées ! Les conventions collectives de l'année dernière sont des sottises. On se souviendra de Mai 68 comme de l'événement qui a marqué le déclin de notre pays.

— Mais mon oncle, vous ne pouvez pas soutenir cela. Ceux qui ont décidé de vous mettre à genoux l'utiliseront contre vous.

— Sache que je n'ai peur de personne et surtout pas de ces penseurs de gauche qui donnent des leçons de générosité aux autres. Et ceux qui font courir des bruits sur la Fabrique me trouveront bientôt sur leur chemin !

— Le monde a changé. De Gaulle a perdu le référendum pour ne pas l'avoir compris.

— Tu oublies Pompidou et Chaban-Delmas. Ce sont des hommes de talent qui connaissent la valeur du travail.

— Ce n'est pas aussi simple, mon oncle.

Tout en parlant, Martial Peyrignac observe son neveu. « Ce garçon n'est pas franc du collier, il n'est pas venu pour me parler de Grangean et du syndicat qu'il encourage. Il est venu pour une autre raison, il a dans son regard une étrange curiosité mêlée d'assurance, comme si j'étais la proie et lui le chasseur. »

— Maintenant, retire-toi, j'ai à réfléchir.

— Il y a autre chose, précise Vincent.

— Parle vite ! Je te répète : j'ai à réfléchir.

Le jeune homme hésite un instant. Ce qu'il va dire ne manquera pas de provoquer la colère de son oncle, pourtant il doit le faire.

— Notre gamme de produits n'est plus adaptée. Nous devons suivre la mode des meubles simples en formica et aggloméré, moins coûteux que le bois massif. C'est la survie de la Fabrique qui est en jeu...

— Qu'est-ce que tu racontes ? La Fabrique s'honore de produire de la qualité et jamais, tu m'entends, jamais tes meubles de pacotille ne sortiront de nos ateliers !

Vincent Peyrignac quitte son oncle sans rien ajouter. Depuis quelques années, il s'est installé dans le petit pavillon en contrebas de la Fabrique, là où il a grandi, dans la maison de ses grands-parents qui lui est revenue par héritage. Il en veut à son oncle de ne pas lui avoir donné de responsabilités. L'état catastrophique des finances lui procure enfin de bonnes raisons d'espérer sa revanche. « Une aubaine ! » pense-t-il en s'éloignant.

Ses propos ont atteint leur but. Peyrignac reste un moment en proie à une sourde irritation. Dans quel monde vit-il ? Celui où les ouvriers décident qu'ils doivent travailler moins et gagner plus ? Où les domestiques donnent des ordres aux propriétaires ?

— Ces progressistes, au nom de la défense des opprimés, mettront la France à genoux, s'écrie-t-il.

Le silence du soir pèse sur les bâtiments vides, les machines arrêtées. Martial Peyrignac range son livre de comptes, sort de son bureau. Le bruit de ses pas se heurte aux murs qui les renvoient en écho. Dehors, le calme des arbres immobiles le ramène à la réalité. La vallée est déjà dans l'ombre ; le ciel reste clair. Un léger souffle d'air lui caresse agréablement le visage. Des nuages rouges flottent au-dessus de l'horizon. Martial Peyrignac en déduit que la journée du lendemain sera belle. « L'heure est venue. » Ces trois mots ne cessent de tourner dans ses pensées. Quelle menace brandissent-ils ? Un mur se dresse devant lui. « Je ne les crains pas. »

Il fait quelques pas dans l'allée d'où montent des odeurs d'herbe coupée. La vaste maison domine tout le paysage et semble protéger la Fabrique en contrebas. Comme chaque soir, toutes les fenêtres sont éclairées : Virginie n'aime pas la nuit.

Avant d'entrer, Martial Peyrignac se tourne, regarde un long moment le bâtiment, l'énorme tas de billes près de la scierie, écoute le chant des oiseaux et se remplit les poumons des bonnes odeurs de cette soirée d'été. Il pense à la lettre que son frère lui a envoyée et secoue négativement la tête.

Il entre dans la maison, pose son chapeau, passe au salon. Virginie est là, près du feu éteint, qui lit. Elle ne paraît pas ses vingt-sept ans. D'un blond cuivré, les yeux verts, sa beauté égaye ce lieu presque austère, le remplit d'une jeunesse, d'une insouciance qui détend. Elle jette un rapide coup d'œil à son père. L'image lointaine de sa mère, Anna, morte après la naissance de sa jeune sœur, flotte dans ses pensées. Ce qui lui a manqué avec cette mère partie trop tôt l'isole des autres. Elle a le sentiment de ne pas être comme tout le monde.

Anna Peyrignac, en effet, est morte en 1951, quelques jours après la naissance d'Élisabeth, la petite retardataire. L'infection généralisée qui l'a emportée n'a pu être vaincue par les antibiotiques et les nouveaux traitements. Inconsolable, Martial

Peyrignac déclarait que sa vie était finie. Sa mère, la vieille Louise Peyrignac, ayant disparu l'année précédente, une nourrice s'est occupée d'Élisabeth pendant ses trois premières années, puis la fillette a été confiée à Marguerite Martin, la bonne à tout faire, qui ne lui disait pas dix mots par jour et n'avait pour elle pas plus de considération que pour le chien de la maison.

Virginie demande :

— As-tu des nouvelles pour Élisabeth ?

La jeune fille vient d'être reçue au bac et a refusé de s'inscrire en faculté. Elle a demandé une place d'institutrice dans le privé. Les vacances lui laissent cependant trois longs mois à la Fabrique, où son mauvais caractère la rend insupportable.

— Tout s'arrange, fait Peyrignac. Sœur Marie-Christine m'a téléphoné. Elle attend Élisabeth à partir de demain. Elle va lui confier un groupe d'enfants dans son centre de vacances. Cela lui permettra de se faire la main en attendant la rentrée.

— Tu m'en vois rassurée. Elle se comporte de curieuse manière. Franchement, je me demande si elle a toute sa raison.

— Trop d'années vous séparent pour que vous soyez véritablement des sœurs...

— S'il n'y avait que les années ! fait Virginie en levant ses beaux yeux vers le plafond.

Martial Peyrignac monte à l'étage, entre dans la chambre où Élisabeth écoute un disque de Claude François. La jeune fille lève sur lui ses yeux noirs pétillants.

— Élisabeth, j'ai pour toi une bonne nouvelle. Tu pars demain à Tours pour travailler dans un centre de vacances !

— J'en suis très heureuse, dit la jeune fille. Je ne m'imaginais pas rester ici trois longs mois sans rien faire.

— Demain matin, Roger Martin te conduira à Tours.

— Je vais enfin gagner ma vie et pouvoir passer mon permis de conduire !

Martial Peyrignac s'est opposé à ce que sa fille prenne des leçons de conduite, ce qui a envenimé un peu plus les relations entre les deux sœurs, Élisabeth reprochant à Virginie d'obtenir tout ce qu'elle voulait. « C'est normal, avait répondu Virginie, moi, je gagne ma vie. »

Élisabeth n'a de son père que le regard noir et profond. Son cou gracile tranche sur le cou massif de Martial, mais cette apparente fragilité rehausse la détermination d'une bouche aux lèvres fines qui sourit rarement. Ceux qui ont connu Anna disent que Virginie est tout le portrait de cette mère morte trop tôt et qu'Élisabeth ressemble surtout à sa tante tuée pendant la Résistance : Marie. Cela explique sûrement le penchant de Peyrignac pour sa fille aînée et le rejet de la cadette.

Le coq chante dans les fermes. Le ciel s'éclaircit sur l'horizon. Des fumerolles de brume montent entre les aulnes au-dessus de l'Indrois aux eaux presque immobiles. Une poule d'eau pousse son cri strident. La 2CV du Dr Betoule descend la route en direction de la nationale. Elle passe à côté du Moulin des Louves dont les ruines dépassent les taillis, et s'engage sur l'autre versant de la vallée.

Louis Peyrignac, dissimulé derrière les murs de l'antique bâtisse, la regarde passer. Il attend que le bruit du moteur s'estompe pour sortir de sa cachette. Il marche sur la berge et, profitant des premières lueurs du jour, regarde longuement la place béante de la roue à aubes qui puisait la force de l'eau au bout d'un canal bouché, les restes de charpente accrochés aux pignons.

L'endroit lui rappelle de si bons souvenirs. Dans le pays, le Moulin des Louves, à cause de sa mauvaise réputation, est le lieu de rendez-vous des amoureux, alors sûrs de ne pas être dérangés. Louis Peyrignac revit sa jeunesse juste avant la guerre, son amour avec Mélanie Masset, la fille d'un village voisin. Ils s'étaient juré de s'aimer toujours et de se marier. La guerre a contrarié leurs projets et détruit leur belle entente. À la Libération, Louis a refusé de revoir Mélanie et a fait sa vie loin d'ici, à Lognes. Mélanie a épousé le Dr Betoule qui lui faisait la cour depuis longtemps.

Après vingt et un ans d'absence, Louis retrouve l'endroit inchangé. Personne n'a repris le moulin, même si l'emplacement est particulièrement bien choisi. Une légende dit que, depuis la mort du dernier meunier dévoré par deux louves, une malédiction règne sur cette ruine.

Il a laissé sa voiture sur la route de Tours et a parcouru plus d'un kilomètre à pied pour que personne ne le voie. Martial a répondu à sa lettre et il est impatient de le retrouver. « Rendez-vous au Moulin des Louves où personne ne viendra nous déranger. Surtout, sois discret. » Dans sa poche intérieure, Louis sent la grosse liasse de billets qui doit sauver la Fabrique. Il est heureux de dépanner son frère qui veut toujours tout commander. Pour une fois, c'est lui le sauveur !

Les oiseaux font un vacarme assourdissant. Les hirondelles volent au-dessus de la rivière. Après s'être assuré que personne ne se trouve dans les parages, Louis Peyrignac suit le sentier jusqu'au pont, fait quelques pas à découvert sur la route, quand un claquement sec l'arrête. Il pousse un cri et s'effondre.

Une silhouette se faufile entre les jeunes frênes, tenant un revolver dans sa main droite gantée.

Elle s'approche de sa victime, la fouille et s'éloigne après avoir récupéré la liasse de billets.

Martial Peyrignac, la tête lourde de fatigue, ferme son livre de commandes et sort de son bureau. Il regarde le ciel blanc, des nuages sombres qui courent sur l'horizon. Le soleil éclaire le sommet de la colline voisine, laissant la rivière dans l'ombre. Il va faire chaud. Le patron reste un long moment à écouter la rumeur de la campagne. « Il faut que je trouve de l'argent. Je ne vais quand même pas me déshonorer en fabriquant des meubles en carton ! »

Il marche en direction de sa maison. La cuisine est allumée, Marguerite Martin est en train de préparer le café. À l'écurie, Roger Martin donne l'avoine au cheval de Virginie. Il a sorti la voiture du garage pour emmener Élisabeth à Tours. Martial Peyrignac regarde travailler son domestique avant d'entrer dans la maison silencieuse.

Il s'assoit dans le petit salon où, chaque matin, il prend son petit déjeuner. Marguerite arrive avec un plateau chargé d'une cafetière, d'un pot de lait et d'une brioche. Sèche, austère, cette femme parle peu, sauf pour s'en prendre à son mari, qu'elle couvre de reproches. Élisabeth la déteste.

La jeune fille descend l'escalier et se présente devant son père, vêtue d'une ample robe beige et d'une veste sombre. Il remarque que ces couleurs lui vont bien et qu'elle est assez jolie.

— J'ai confiance en toi, dit Peyrignac. Je suis

certain que sœur Marie-Christine n'aura que des compliments à te faire.

Élisabeth ne répond pas. Ce matin, elle n'a plus la force de l'adversité. Elle part, c'est l'essentiel.

— Va, maintenant, ajoute son père. Tu vas faire un magnifique métier.

Sans un mot, Élisabeth tourne les talons, se dirige vers la voiture où Roger Martin a chargé son bagage.

Au volant, Martin porte la casquette de sa fonction, comme l'exige Peyrignac, ce qui ne manque pas d'exaspérer les gens : « Le vieux Jean Peyrignac vivait sur les terres les plus pauvres de la commune et voilà que son petit-fils veut jouer les bourgeois ! » Le véhicule passe le portail, s'engage sur la route qui descend jusqu'à l'Indrois, prend le tournant en épingle avant le Moulin des Louves.

Tout à coup, le chauffeur pile. Élisabeth se cogne contre le pare-brise, mais ne proteste pas. Ce qu'elle voit la laisse médusée. Martin sort de la voiture et dit un « Non ! » d'étonnement en reconnaissant l'homme étendu sur la route.

— Louis Peyrignac ! dit-il en se tournant vers Élisabeth qui a ouvert la portière.

Terrorisée, la jeune fille regarde le mort, puis elle se détend, pousse un cri strident et détale à toutes jambes dans le bosquet voisin.

Roger Martin, après un moment d'hésitation, se lance à la poursuite d'Élisabeth qui a disparu dans les taillis. Il traverse le bosquet, arrive, essoufflé, à la route de Tours. Il l'appelle. Seul l'Indrois indique sa présence intemporelle par son bruit aérien et profond, roulement sourd et en même temps murmure délicat. Il se dit que la jeune fille a cédé à un moment de panique, mais qu'elle ne court aucun danger. Il doit retourner sur ses pas et donner l'alerte.

Au même moment, chez Marthe, l'unique bistrot de Maubade, une cinquantaine d'ouvriers de la Fabrique écoutent les propos de Baptiste Grangean qui, juché sur une chaise, leur parle de l'élan nouveau que les grèves de Mai 68 ont donné au mouvement syndical. C'est un homme d'une trentaine d'années, costaud, employé à décharger les camions. Il a les yeux très bleus, le visage rouge, assez beau, bien qu'il soit un peu empâté et manque de distinction.

— Mes amis, commence-t-il, notre syndicat est enfin légalement constitué. Cela nous donne le droit d'exiger de Peyrignac l'application des lois récentes. Nous avons le soutien des gens de Paris pour faire plier celui qui s'enrichit sur notre misère.

Les gens de Paris ! Cela suffit pour asseoir l'autorité de Grangean à la tête de l'organisation revendicatrice. Il a aussi su se servir du ressentiment général des Maubadois, gens simples face à Peyrignac, un des leurs à qui ils reprochent une réussite trop voyante et dont on dit qu'elle n'est pas seulement due à son mérite.

— Qu'est-ce que nous voulons ? L'application de la loi, des accords salariaux, rien de plus ! Peyrignac s'en met plein les poches et nous donne des clopinettes. Regardez les fêtes, les banquets qui se succèdent, sa fille toujours habillée à la dernière mode. À elle, il ne refuse rien ! C'est notre dû qu'il lui donne. Il est temps que nous fassions entendre notre voix, comme tous les ouvriers de France. Ce soir, je vois les gars de Paris qui sont venus spécialement pour nous aider. Nous allons réclamer l'application de la loi. Si le patron refuse, nous ferons grève et porterons l'affaire devant les tribunaux.

— Les vieux ne suivront jamais, crie une voix surexcitée.

— Ils seront bien obligés, répond Grangean. On les empêchera d'entrer dans la Fabrique le temps qu'il faudra à Peyrignac pour comprendre.

— Les lois n'ont jamais nourri personne. S'il ferme la boutique, c'est nous qui perdrons notre boulot, crie une autre voix.

Grangean éclate d'un grand rire.

— Ça ne s'est jamais vu. Il a autant besoin de la Fabrique que nous. Qui paierait les bijoux de sa fille ? Maintenant, au boulot !

Ils rejoignent les groupes qui montent à la Fabrique. Le discours de Grangean n'intéresse pas une majorité d'ouvriers qui exploitent en même temps quelques hectares de terre. Ces gens-là ne rechignent pas devant les journées doubles qui les mettent à l'abri du besoin. Prudents, ils ne veulent pas perdre ce qu'ils ont. Pourtant, ils ne peuvent qu'applaudir quand le syndicat parle des patrons profiteurs qui s'enrichissent avec leur travail.

De son balcon, comme chaque matin, Martial Peyrignac assiste à l'arrivée de ses employés. Baptiste Grangean fait le gros bras au milieu d'un groupe bruyant. Il lève la tête en direction du patron et soutient son regard avec insistance. Vincent Peyrignac, parmi eux, regarde à son tour son oncle avec un air curieux, un léger sourire au coin des lèvres. Cette fois, il affiche nettement son camp. Est-ce cela le sens de sa visite de la veille ? « L'heure est venue », cette phrase sonne une nouvelle fois comme un gong dans la tête de Martial Peyrignac.

Une voiture noire s'arrête à l'entrée de la Fabrique. Deux gendarmes en descendent, traversent la cour sous les regards curieux. Le brigadier Leflanchet salue le patron et dit :

— Il faut que vous veniez vite. Votre frère vient d'être trouvé mort au Moulin des Louves.

— Qu'est-ce que vous me racontez là ? fait Peyrignac en fronçant les sourcils sur ses yeux qui ne cillent pas.

— C'est M. Martin qui l'a trouvé et qui affirme que cet homme est Louis Peyrignac. Votre fille a été tellement choquée qu'elle s'est enfuie, mais rassurez-vous, elle n'a pas pu aller bien loin. Il faut que vous veniez avec nous pour identifier formellement le cadavre. Ensuite seulement, nous pourrons le transporter à la morgue où il sera autopsié.

— Martin se sera trompé. Louis n'a pas porté les pieds ici depuis plus de vingt ans !

— Votre chauffeur est formel, mais nous avons besoin de votre identification.

— Je vous suis.

La nouvelle choque tout le monde. Sans un mot, les ouvriers regagnent leurs ateliers. Baptiste Grangean se met à décharger les grumes, repoussant ses revendications à plus tard : un homme assassiné au Moulin des Louves, le propre frère de M. Peyrignac, comment cela est-il possible, ici, à Maubade ?

Martial Peyrignac suit les gendarmes dans leur véhicule. Au Moulin des Louves, la fraîcheur de l'air lui fait du bien. Il s'approche du cadavre grimaçant.

— C'est bien mon frère, murmure-t-il d'une voix sourde. Mon frère, Louis Peyrignac, minotier à Lognes.

Le brigadier jette un regard circulaire autour de lui. De son promontoire, la Fabrique domine la vallée. Le bruit des scieries arrive jusqu'à eux.

— Que faisait-il ici ? demande le brigadier. Vous avait-il averti qu'il allait vous rendre visite ?

— Mon frère et moi, nous ne nous entendions pas. Nous n'avions aucune relation depuis vingt-cinq ans et j'ignore totalement la raison de sa présence.

Les gendarmes enveloppent le corps dans un drap. Peyrignac s'excuse de devoir s'en aller : la Fabrique a besoin de lui. Le brigadier Leflanchet constate qu'il ne montre aucune affliction et fait passer son usine avant la mort de son frère tué d'une balle tirée dans le dos...

— L'endroit a une sinistre réputation, ajoute le patron.

— Nous allons questionner les gens. Beaucoup étaient dehors avant le lever du soleil. Peut-être ont-ils vu quelque chose, précise le brigadier.

— Je ne puis vous être d'aucun secours, conclut Peyrignac.

Élisabeth Peyrignac court à toutes jambes. Les branches basses la giflent ; des ronces griffent ses mollets. Le visage grimaçant de l'homme étendu au milieu de la route, les yeux ouverts, la poursuit. Une vive douleur comprime sa poitrine, la pousse dans la fuite. Elle arrive à la route de Tours, s'arrête un instant, perdue dans cet endroit familier. Le silence des collines l'écrase. Le soleil monte dans un ciel sans nuages. Une multitude d'insectes crissent.

Une camionnette déglinguée arrive en pétaradant. Un homme coiffé d'un large chapeau est au volant. Élisabeth a déjà vu ce paysan qui doit habiter un hameau voisin ; elle lui fait un signe. Il arrête son véhicule, sort et soulève son chapeau.

— Mais c'est mademoiselle Peyrignac, de la Fabrique...

Élisabeth s'approche résolument, une idée singulière traverse son esprit.

— Je viens de tuer quelqu'un, dit-elle d'une voix ferme, pleine d'assurance.

Le paysan ouvre de grands yeux, se gratte le

front, incrédule. Le moteur de la camionnette hoquette, tousse, fait vibrer la carrosserie.

— Voyons, mademoiselle, vous voulez me faire marcher. Ce n'est pas possible !

— Je vous dis que je viens de commettre un crime. Conduisez-moi à la Fabrique, s'il vous plaît !

L'autre hésite toujours. Élisabeth ouvre la portière, monte dans la voiture. L'homme s'installe au volant, ajuste son chapeau. La boîte de vitesses pousse un grincement aigu quand il enclenche la première. Le bruit est infernal. Le véhicule tourne dans la petite route qui conduit au Moulin des Louves, seul accès à la Fabrique par ce côté de la rivière. Au milieu de la route, des gendarmes de Genillé prennent des mesures avec un décamètre. À l'intérieur d'une silhouette tracée à la craie sur l'empierrement, une traînée de sang noirâtre attire de grosses mouches bleues. La jeune fille descend de la camionnette, s'approche du brigadier qui lui sourit. Il la trouve assez jolie avec sa peau très blanche, ses cheveux d'un noir luisant et ses yeux décidés.

— Qu'avez-vous fait du cadavre qui était là tout à l'heure ? demande-t-elle.

— Nous l'avons emmené à la morgue. Je comprends combien cela a dû vous choquer. Mais tout est fini, nous allons vous ramener chez votre père.

— Je pense que vous devez m'arrêter, dit Élisabeth d'une voix sûre, puisque c'est moi qui ai tué Louis Peyrignac.

La foudre n'aurait pas fait plus d'effet sur le brigadier Leflanchet. À son tour, il ouvre de grands yeux, se gratte le front devant autant d'aplomb et un aveu aussi monstrueux qu'invraisemblable.

— Qu'est-ce que vous me racontez ? C'est impossible !

— Je vous dis que je l'ai tué avec le revolver de mon père qui se trouve dans son bureau.

Le bruit de la Fabrique agace. Le grincement aigre des scies, les sifflements puissants des raboteuses occupent tout l'espace, bloquent les esprits.

— Pourquoi auriez-vous tué votre oncle que vous n'aviez jamais vu ? demande Leflanchet.

— Je me moquais que ce soit mon oncle. Je voulais tuer le premier homme que je rencontrerais ! Ce matin à l'aube, pendant que tout le monde dormait, j'ai pris le revolver de mon père et j'ai couru sur le chemin dans l'espoir de trouver un villageois partant à ses champs ou un ouvrier de la Fabrique qui arriverait en avance. J'ai vu cet homme qui avait l'air d'un voleur de grand chemin. J'étais dissimulée ici, derrière le mur du moulin, en face du pont. Il ne m'avait pas vue. Alors, je l'ai abattu comme un lapin.

Le brigadier reste bouche bée. Il ne croit pas un seul mot de ce que dit Élisabeth, pourtant la précision de ses propos l'inquiète. Le paysan profite de ce temps mort pour remonter dans sa camionnette et s'éloigner.

— Bon, nous allons tirer tout cela au clair chez vous. Montez.

Leflanchet est très embarrassé : Martial Peyrignac a beaucoup de relations et sa réputation d'homme déterminé et intransigeant ne peut que lui attirer des ennuis. Ce crime va faire du bruit, lancer la polémique autour de la Fabrique que l'on dit au bord de la faillite ; Leflanchet redoute des troubles, des bagarres.

Les gendarmes arrêtent leur voiture au portail de fer. Des ouvriers s'affairent autour d'énormes grumes qu'ils font rouler jusqu'aux machines, où d'autres emportent des planches qu'ils rangent en tas sous un hangar. Pourtant, leurs gestes manquent d'entrain. Ils s'arrêtent souvent pour bavarder et commenter le terrible événement de la matinée. Une bonne odeur de sciure et de bois flotte dans l'air.

Martial Peyrignac doit guetter l'arrivée des gendarmes puisqu'il sort presque aussitôt.

— Nous avons retrouvé votre fille, fait le brigadier, toujours impressionné par la stature épaisse de cet homme silencieux et par son autorité froide.

Peyrignac jette un bref regard à Élisabeth, puis à ses ouvriers.

— Je vous remercie, dit-il enfin. Elle part ce matin pour travailler dans un centre de vacances à Tours.

— Mon père, dit alors la jeune fille, je ne peux pas aller travailler. C'est moi qui ai tué ton frère au Moulin des Louves.

Martial Peyrignac reste impassible. À peine les veines de son cou se gonflent-elles. Le brigadier baisse la tête comme s'il était lui-même coupable de cet aveu.

— Qu'est-ce que tu racontes ? On a autre chose à faire qu'à écouter tes folies.

— Je te répète que j'ai tué ton frère.

Martial Peyrignac montre son impatience. Il serre les lèvres, ses yeux se durcissent.

— Si tu persistes, ce n'est pas au centre de vacances de Tours que tu vas aller, mais chez les fous !

— Je peux prouver ce que je dis. J'ai dérobé ton revolver dans le tiroir de ton bureau. Tu peux vérifier, il manque une balle...

Élisabeth se dit qu'elle est allée un peu trop loin, mais l'embarras de son père lui procure une joie immense. Pour une fois, c'est elle qui le tient par la bride, qui devient le centre du monde.

D'un geste, Martial Peyrignac invite Leflanchet à le suivre au premier étage de la Fabrique, où se trouvent les bureaux des comptables, des secrétaires et le sien. Vincent Peyrignac, qui doit surveiller la scène de la fenêtre, se trouve là. Il regarde d'abord son oncle qui marche devant les autres, le visage impassible, résolu comme toujours, de son pas un peu lourd mais ferme, puis le brigadier et la jeune fille.

— Élisabeth ? fait-il, étonné. Mais qu'est-ce que tu fais là ?

— Mon cousin, regarde-moi, répond-elle avec effronterie. J'ai tué un homme.

Vincent éclate de rire, puis, foudroyé par le regard du patron, s'éloigne.

Martial Peyrignac ouvre le tiroir de son bureau ; ses gestes sont lents, mais expriment toute sa force massive, son autorité que chacun ressent comme un poids. Il sort son arme devant le brigadier, examine le chargeur. Une balle manque. Il ne montre pas sa surprise, mais il se souvient parfaitement que la veille, la balle était encore dans le barillet. Il tourne lentement la tête vers le brigadier.

— Emmenez-la ! dit-il en désignant Élisabeth. Je ne veux plus la voir.

Le brigadier sort en faisant signe à la jeune fille de le suivre. Martial Peyrignac va à la fenêtre, regarde distraitement le groupe d'ouvriers qui déchargent des grumes de chêne à côté de la scierie, sous le commandement de Baptiste Grangean. Le bruit strident des lames attaquant le bois, ce bruit qu'il aime tant, parce qu'il est le symbole de sa réussite, lui donne la chair de poule. Il pense toujours à la balle manquante dans son revolver. Qui l'a enlevée ? Une fois Élisabeth mise hors de cause, vers qui se tourneront alors les soupçons ? « L'heure est venue. » Celui qui a écrit ces trois mots est l'assassin de son frère.

— Depuis ce matin, j'ai l'impression qu'on marche sur la tête, dit-il en poussant le battant de sa fenêtre.

L'assassinat de Louis Peyrignac fait grand bruit dans la région. Tout le monde s'étonne de sa présence au Moulin des Louves alors qu'on ne l'avait pas revu depuis plus de vingt ans. Savoir qu'un meurtrier se cache dans les environs de Maubade effraie, même si chacun pense que ce crime n'est pas dû au hasard d'une rencontre. Les anciennes croyances retrouvent leur place dans les conversations :

— Le diable se cache à cet endroit. Ma mère m'a souvent dit qu'elle l'avait vu, avec ses pattes de bouc et sa tête méchante. Le diable qui commandait les louves !

— Vous voulez parler de ces deux louves enragées qui ont mangé le meunier ? L'ancien curé disait que les bruits qu'on entend parfois en hiver sont les plaintes de ce pauvre homme que personne n'a eu le courage de secourir.

— Paraît que des sorciers de Tours et d'ailleurs viennent y faire leur sabbat. Ma sœur les a vus plusieurs fois. Ils allument un feu et invoquent Satan, qui leur répond !

Le Dr Léon Betoule écoute ces propos d'une oreille distraite car il sait bien que l'assassinat de Louis Peyrignac n'a rien de diabolique. Il prête plus d'attention à une autre accusation à peine voilée :

— La balle qui a tué Louis ne vient-elle pas du revolver du patron de la Fabrique ?

Betoule a beau dire que les policiers n'en sont pas certains, la rumeur s'amplifie. Maire de Maubade, il a été parmi les premiers informés du drame. Il s'apprêtait à se rendre chez son ami, le Dr Peyrati, près de Chinon, pour l'aider à pêcher ses étangs. Aussitôt, il a renoncé à ce voyage d'agrément : la mort de son ancien compagnon de résistance, Louis Peyrignac, le concerne plus que les autres. La lettre qu'il a reçue de la victime quelques jours auparavant prend tout son sens, mais il n'en parle à personne, surtout pas au brigadier Leflanchet qu'il considère comme un imbécile.

Le Dr Betoule habite une superbe demeure bourgeoise qui domine le village. La construction de cette maison après la guerre a fait beaucoup parler : où Betoule, le fils du cordonnier, a-t-il trouvé l'argent ? Depuis, les mauvaises langues se sont tues : très apprécié, Betoule a une énorme clientèle. Son dévouement fait l'admiration de tous. Il soigne et, souvent, oublie de se faire payer.

Les termes de la lettre qu'il a reçue de Louis Peyrignac tracassent le docteur : *J'ai écrit à Martial. Je lui propose de passer l'éponge. Je m'ennuie de Maubade, de lui et de toi. Je sais qu'il a de grosses difficultés et je lui propose de l'aider. Peux-tu, de ton côté, faire une démarche dans ce sens ?*

Cette lettre explique la présence de Louis au Moulin des Louves, mais qui l'y a attiré ? Martial ? Il en doute.

Pendant la journée, il va visiter ses patients comme à son habitude, répondant aux questions pleines de sous-entendus, rassurant tout le monde en disant que le meurtrier sera vite arrêté, mais n'en pense pas moins. Il précise :

— La jalousie fait parler les mauvaises langues, mais soyez tranquille, c'est un crime de maraudeur. Les gendarmes sont sur le point d'attraper le coupable.

— Mais enfin, que faisait Louis Peyrignac à cet endroit, lui qu'on n'a pas vu depuis si longtemps ?

— On ne sait pas, répond Betoule embarrassé.

Pour éviter ce genre de questions qui l'embarrassent, le médecin rentre tôt chez lui, ce qui est inhabituel, au point que Mélanie, sa femme, s'en étonne :

— Pour une fois qu'Alain est avec nous, je peux souffler un peu, répond-il.

Alain Betoule est interne à l'hôpital de Tours. Il ressemble à son père, montrant déjà une tendance à l'embonpoint. Gros mangeur, sa mère profite de ses visites pour lui préparer les plats qu'il préfère.

Ce soir pourtant, l'atmosphère qui règne à Maubade n'incite pas Mélanie Betoule à cuisiner. Le docteur la trouve dans le salon, qui fait semblant de lire. Pensif, il la regarde longuement. Louis Peyrignac a été le premier amour de Mélanie et sa mort ravive aussi le chagrin d'une autre disparue, Marie Peyrignac, tuée à Tours, que Léon a fréquentée avant la guerre.

Le docteur s'assoit à côté de sa femme et ils restent un long moment silencieux. Tout à coup, Léon Betoule a une inspiration, son visage se durcit :

— Je sais qui a tué Louis.

Mélanie ferme son livre et se tourne lentement vers son époux :

— Mais que dis-tu ? Comment peux-tu le savoir ?

— J'en ai la preuve, insiste le docteur en se dirigeant vers la porte. C'est horrible !

— Où vas-tu ?

Le téléphone sonne, il répond lui-même.

— Une urgence, dit-il en posant le combiné, puis se tournant vers sa femme, il ajoute : comment est-ce possible ?

Il sort. Quelques instants plus tard, sa 2CV roule à vive allure en direction de la route de Tours.

Cette urgence arrive à point pour fuir une vérité qui lui fait terriblement mal. Le soir, vers dix heures, il téléphone à Mélanie pour lui dire que l'état du malade requiert sa présence une partie de la nuit. Elle comprend ce que cela signifie.

Le dîner est silencieux. Martial Peyrignac, assis en bout de table, se tait. Virginie retient sa fourchette. Élisabeth, qui a ajourné son départ au centre de vacances, s'est retirée dans sa chambre, car elle ne se sent pas bien. Les sourcils bas, le front plissé, le patron est soucieux. Il mange du bout des lèvres, lui qui a d'habitude un solide appétit. Vincent Peyrignac se demande pourquoi son oncle l'a invité puisque depuis le potage, il ne lui a pas adressé la parole. Virginie jette de brefs coups d'œil à son cousin qui n'a pas dit un mot, puis à son père qui paraît vieilli de plusieurs années ; ses joues pendent, les rides taillent son menton de chaque côté, l'homme de fer semble vulnérable, comme vaincu par une force obscure. Elle pense à sa sœur qui s'est accusée d'avoir tué Louis.

Cet assassinat noue les estomacs. Virginie se tourne lentement vers Vincent, détaille les lignes de son visage, son front large, son nez un peu fort et sa moustache qui retient la lumière du soir. C'est assurément un bel homme !

Enfin, le patron relève sa tête massive, pose lentement sa fourchette, inspire :

— Grangean a des idées qui ne conviennent pas à la Fabrique, dit-il.

— Mon oncle, les gens parlent à tort et à travers, fait Vincent Peyrignac, qui profite de l'occasion pour rompre un silence pesant. La loi est de leur côté. Ils réclament l'application des récentes lois sociales, notamment la quatrième semaine de congés. Le crime du Moulin des Louves n'arrange rien, puisqu'il faut un coupable.

— Je n'entre pas dans ces combines, tranche Martial Peyrignac.

Il a parlé en regardant sa fille aînée. Jusque-là, il a considéré sa ressemblance avec Anna comme un cadeau du ciel, une récompense. Il remarque un superbe collier qui scintille, étalé sur la peau blanche de Virginie. Ce regard, à peine appuyé, n'échappe pas à Vincent.

— Oui, fait-elle, coupable. Je n'ai pas su résister. Il est si beau ! Je l'ai acheté avec la prime que tu m'as versée après le contrat des meubles Penaud.

À cette heure, Virginie a honte de sa nouvelle acquisition, de son vice. Dépenser lui procure une profonde jouissance, la seule qui soit à sa portée. Les cris stridents des martinets qui se pourchassent dans l'air chaud du soir arrivent jusqu'à eux par la fenêtre ouverte. Enfin, le patron demande :

— Vincent, cette nuit, as-tu entendu du bruit ?

— Non, mon oncle. Je n'ai rien entendu.

Vincent n'ose pas soutenir le regard tranchant posé sur lui.

— Enfin, poursuit Peyrignac, ceci ne me concerne pas. Mais que faisait Louis au Moulin des Louves ?

Cette question n'attend pas de réponse. « L'heure est venue. » Qui sera la prochaine victime ? Le patron observe son neveu sous ses épais sourcils. Vincent est-il assez fort pour tuer ?

Marguerite Martin entre, s'arrête à quelques pas de la table et attend que Peyrignac tourne la tête vers elle pour parler.

— Monsieur, un jeune homme souhaite vous voir. Il se dit commissaire de police.

— Fais-le patienter dans le hall.

Virginie tourne vers son père des yeux pleins d'interrogation. Depuis ce matin, les gens parlent beaucoup. La période de la guerre revient souvent dans les conversations et la jeune femme pressent des agissements louches, des règlements de comptes expéditifs. L'homme de fer qui va à la messe chaque dimanche, arborant sa Légion d'honneur, a peut-être un visage caché. Elle porte la main à son cou : le collier de perles fines lui brûle la peau.

Peyrignac achève son fromage sans un mot, puis se lève.

— J'y vais, fait-il en allumant un cigare.

Virginie reste seule avec Vincent Peyrignac qui allume à son tour un cigare tandis que Marguerite apporte le café.

— J'ai peur, dit la jeune femme quand la servante s'est retirée. J'ai l'intuition que papa me cache beaucoup de choses et que nous ne sommes qu'au début de nos déboires.

— Cela se peut ! Te souviens-tu quand nous allions nous cacher dans le grenier de la petite maison ? poursuit Vincent. C'est vrai, nous n'avions que quinze ans. On se jurait de ne jamais se quitter, de créer une usine à nous. C'est peut-être le moment !

— Qu'est-ce que tu racontes ?

— Ton père court vers l'abîme.

— Mon père est encore le plus fort.

— As-tu entendu ce qui se dit ? Les gens n'ont pas oublié. Ils parlent d'une caisse de billets parachutée sur le mont Luret, ils parlent aussi de ma mère assassinée.

— Ce ne sont que des calomnies !

Vincent joue à faire des ronds de fumée.

— Non. Il y a, certes, un peu d'exagération, mais beaucoup de vérité. Ton père n'a jamais accepté d'avoir tort, il veut tout commander, écraser tout le monde sous son autorité. Il refuse d'écouter ses ouvriers. Résultat, ils se sont groupés en un syndicat. Ce n'est pas bon pour lui.

— Mon père sait ce qu'il fait.

Vincent serre les lèvres, un éclair froid passe dans ses yeux gris.

— Ton père s'enferme dans ses certitudes et s'isole des autres. Les malheurs ne font que commencer.

— Tu connais ceux qui vont les provoquer ?

— La haine, c'est comme le vent. On croit à une légère brise et voilà la tempête qui se déchaîne. Tu es trop jeune pour te laisser submerger par ce purin.

Le regard dans le vague, Virginie inspire et poursuit sa première pensée :

— Que sais-tu de l'oncle Louis ?

— Rien, je te dis.

— Bonsoir ! fait Virginie en se levant.

L'homme qui attend Martial Peyrignac dans le hall a refusé la chaise que Marguerite lui a proposée et fait les cent pas. Il est assez grand et maigre. Brun, les cheveux frisés, il promène son regard autour de lui. Sous son crâne assez large, son nez long et tranchant, ses lèvres fines dans un visage maigre montrent une certaine détermination.

— Pardonnez-moi de vous déranger à cette heure, dit-il d'une voix claire à Peyrignac. Je suis le commissaire Joseph Puylieut, chargé de l'enquête sur la mort de votre frère.

Impassible, Peyrignac observe le commissaire,

qui ne baisse pas les yeux. Certain d'être au centre d'une machination destinée à le détruire, le patron serre ses gros poings. Ce n'est pas la première fois que des ennemis cherchent à l'abattre, mais il a toujours gagné et il gagnera encore.

— Passons dans la bibliothèque, si vous le voulez bien. Nous serons plus tranquilles pour bavarder.

À cet instant, Virginie sort de la salle à manger pour se rendre à l'étage. Elle passe devant le commissaire qui la salue. Un étrange frisson la parcourt ; ses jambes flageolent, son pied droit bute contre la première marche de l'escalier. Les joues du jeune homme se sont colorées, son cœur bat à se rompre. Il baisse la tête, n'osant plus regarder Virginie par crainte de trahir l'intense émotion qui le fait bredouiller.

Peyrignac le précède dans une pièce où se trouvent un canapé en cuir noir, deux fauteuils, une table de travail en noyer et, tout au fond, une lourde bibliothèque ouvragée. Il ferme la porte, allume et invite Puylieut à s'asseoir. Le jeune homme cherche à faire le vide en lui, mais l'image de Virginie s'impose à ses pensées.

— Vous dites que vous n'avez eu aucun contact avec votre frère depuis vingt-cinq ans, commence-t-il d'une voix peu assurée. Quelle est l'origine de votre brouille ?

Peyrignac regarde avec étonnement son interlocuteur. Il n'a pas l'habitude d'être interrogé de la sorte par un vague policier. Dans cette maison, c'est lui qui pose les questions et il n'a pas l'intention de laisser ce rôle à quelqu'un d'autre.

— La succession. À cette époque, la Fabrique n'était qu'une scierie ordinaire que mon père avait créée en 1919. C'est moi qui en ai fait la Fabrique en 1946. Il y avait aussi une propriété qui nous venait de notre mère. C'est plus qu'il n'en faut pour se brouiller.

La force de l'homme n'échappe pas à Joseph Puylieut. Son énorme tête légèrement penchée vers l'avant, son front bombé, prêt à la charge, et son regard droit qui ne le quitte pas indiquent au jeune commissaire que sa mission ne sera pas facile :

— Je dois tout vérifier, s'excuse-t-il. J'ai aussi entendu ce qui se dit au village. Est-ce vrai que vous avez écrit à votre frère pour lui demander de l'argent ?

— C'est faux !

— Laure Peyrignac, votre belle-sœur, dit le contraire. Elle affirme que Louis est venu ici pour vous prêter de l'argent.

— Qu'insinuez-vous ? demande calmement Peyrignac.

— Rien. La présence de M. Louis Peyrignac à l'endroit où il a été assassiné implique que quelqu'un l'y a attiré.

— Monsieur, j'ai parfaitement compris votre pensée. Je vous précise que j'étais ici, dans ce bureau. Maintenant, je vous prie de sortir, car vos propos signifient que vous vous placez dans le camp de ceux qui veulent ma perte.

Il se lève, Puylieut fait de même et sort. Le jeune homme marche dans l'allée en direction de la Fabrique où il a laissé sa moto. La lune brille. Il n'a pas fait dix pas qu'une silhouette se détache de l'ombre d'un massif.

— Bonsoir, monsieur le commissaire.

Son cœur s'accélère de nouveau. Dans la pénombre, il voit le contour du visage de Virginie, ses cheveux blonds et ses yeux clairs. Elle fait un pas vers lui, ils restent un long moment silencieux, tout à cet étrange sentiment né l'instant d'un éclair, d'un regard échangé et aussitôt escamoté.

— Quelle histoire ! dit enfin Virginie d'une voix retenue. L'air est devenu irrespirable. Vous allez vite arrêter le coupable, n'est-ce pas ?

Ils se taisent de nouveau. Puylieut voudrait profiter de l'occasion pour poser des questions, mais les mots lui manquent. Il bredouille :

— Je crois savoir que votre père a été un grand résistant. Où étiez-vous pendant la guerre ?

— Ici. Je ne suis jamais partie de Maubade. J'étais avec mes grands-parents. J'ai grandi avec Vincent, mon cousin, fils de ma tante Marie Peyrignac. En 1938, Marie, qui ne s'entendait pas avec mon père, est partie travailler à Tours. Un an plus tard, elle accouchait d'un petit garçon. Il paraît que ça a fait pas mal de bruit au pays. Et puis, comme Marie ne pouvait pas s'occuper seule de son fils, Vincent a été recueilli ici, par ses grands-parents. Voilà pourquoi il est un peu mon frère !

Virginie s'étonne d'avoir été aussi loquace. Puylieut fait un pas dans l'allée puis se tourne.

— Vous... Vous vivez seule ?

Elle lève les yeux vers le ciel. La lune éclaire son beau visage.

— Oui. Tout est compliqué quand on vit près de Martial Peyrignac.

Puylieut s'arrête à côté de sa moto et salue Virginie, qui repart vers la maison.

Au salon, elle trouve son père qui la dévisage :

— Tu en fais une tête ! constate-t-il. C'est ce commissaire qui...

Elle se contente de sourire.

— Qu'est-ce qu'il te voulait ? demande-t-elle.

— Me faire avouer que je suis le meurtrier de mon frère !

Virginie baisse les yeux comme pour cacher sa pensée. Peyrignac ne s'est-il pas levé la nuit dernière, vers quatre heures du matin ? Elle l'a entendu ouvrir la porte d'entrée. Il est revenu vers sept heures pour prendre son petit déjeuner. Personne ne peut savoir s'il est resté dans son bureau de la Fabrique, comme il le fait très souvent, ou s'il est descendu au Moulin des Louves.

— Dès demain, je vais aller parler au préfet pour qu'il arrête tout cela. Ce bruit est préjudiciable à mes affaires.

Virginie regarde son père défaire sa cravate. Ses gestes, d'ordinaire lents et sûrs, sont saccadés et maladroits.

— Sois rassuré, je ne dirai pas que tu t'es levé à quatre heures du matin, précise-t-elle tout à coup.

Peyrignac sursaute.

— Qu'est-ce que tu insinues ?

Elle ne répond pas, comprenant combien sa remarque est déplacée, et sort de la pièce.

— On étouffe ici ! bougonne Peyrignac en allant à la fenêtre ouverte sur la nuit étoilée.

Il prend le frais pendant quelques instants, puis monte dans sa chambre. Vers quatre heures du matin, Virginie entend son pas lourd dans l'escalier ; la porte de la bibliothèque s'ouvre et claque.

Le patron s'assoit à sa table de travail et ouvre un livre. Ne parvenant pas à concentrer son attention sur la lecture, il sort dans la cour. La nuit est calme, une de ces petites nuits d'été où le ciel reste lumineux. L'aube blanchit le ciel sur les toits de Maubade. Une chouette pousse son cri strident. Martial Peyrignac sort par la petite porte que personne n'emprunte jamais. La route tortueuse qui conduit au Moulin des Louves est éclairée comme en plein jour. Il marche en évitant de faire rouler les cailloux, comme s'il redoutait d'être surpris à un endroit où il n'a aucune raison d'être.

La route fait un lacet pour contourner un mamelon rocheux ; les piétons vont tout droit en empruntant un sentier de chèvres entre les aubépines. Peyrignac s'y engage et voit une silhouette sombre qui se dissimule derrière un énorme chêne. Intrigué, il se glisse dans l'ombre ; l'homme l'a entendu et s'enfuit à toutes jambes. Il le course dans le bois, mais perd vite sa trace.

Il remonte, entre dans la maison, pose sa veste, puis, après avoir écouté le silence, gagne la Fabrique. Il ouvre le tiroir du bureau. Son revolver n'est plus à sa place.

Il reste un long moment immobile, perdu dans ses pensées, tandis que sa main droite fouille de nouveau le tiroir pour tenter de trouver l'arme qui a tué son frère. Qui est venu la chercher à cet endroit ?

Il se demande un instant s'il doit aller avertir les gendarmes de Genillé pour se protéger d'un nouveau mauvais coup, ou ne rien dire. Il choisit la deuxième solution. Personne ne doutera de sa bonne foi ; le jeune commissaire a agi avec l'inconséquence de son âge. Le patron de la Fabrique ne peut pas être accusé comme un quelconque malfrat. Et puis, la vérité finira sûrement par éclater. Il retourne se coucher.

Le Dr Léon Betoule quitte son patient vers quatre heures du matin. Il prend la route de Maubade mais, comme le jour se lève, il décide d'arrêter son véhicule un peu avant le Moulin des Louves. Il sait qui a tué Louis Peyrignac et veut s'assurer que le meurtrier n'a laissé aucune trace, aucun indice qui le dénoncerait. Ce crime le touche au plus près et il doit se conformer à la décision prise au cours de cette nuit d'insomnie.

Il se faufile entre les murs de l'ancienne bâtisse et attend, car il redoute que Martin qui va relever ses nasses à anguilles le surprenne. Il entend du bruit, comme la course d'un sanglier, et patiente, dissimulé derrière un monticule de pierres.

Enfin, après s'être assuré que personne ne l'épie, il va jusqu'à la route à l'endroit même où Louis Peyrignac a été assassiné. Une silhouette se dresse devant lui.

— Qu'est-ce que tu fais là ? demande-t-il. Tu te rends compte de ton imprudence ? Si quelqu'un te voyait ?

— Je t'attendais ! répond la silhouette en levant une arme tenue fermement par une main gantée.

— Mais enfin, tu ne vas pas me tuer aussi !

Betoule fait volte-face pour se mettre à l'abri. Le coup claque. Il tourne vers son agresseur un visage grimaçant et s'écroule à l'endroit même où, la veille, Louis Peyrignac est tombé.

Le curé Breton est fatigué. Il a été appelé à deux heures du matin pour donner l'extrême-onction à un mourant des Fages, hameau situé à trois kilomètres du bourg de Maubade. Ne sachant pas monter à vélo, incapable d'apprendre à conduire une automobile, le vieil homme en est resté au moyen de déplacement de sa jeunesse. Il visite ses ouailles sur sa petite carriole tirée par un âne qui ne met pas beaucoup d'empressement à rentrer. Cette particularité vaut au curé une célébrité qui dépasse les limites du département et a inspiré plusieurs chansonniers locaux.

Il est presque neuf heures du matin quand le prêtre quitte la grand-route pour celle qui descend au Moulin des Louves. De la Fabrique arrivent les bruits stridents des lames qui façonnent le bois, le grondement des moteurs diesels lancés à plein régime. Il s'arrête un instant pour écouter ces bruits rassurants du travail. Tant qu'il y aura la Fabrique, Maubade sera à l'abri du besoin. Les menaces du syndicat ne le tracassent pas : les gens d'ici sont assez sages et ont enduré assez de misère pendant des siècles pour comprendre que ce n'est pas dans leur intérêt. Il est, en revanche, soucieux des événements. L'assassinat de Louis Peyrignac, les soupçons qui pèsent sur Martial ont provoqué une réaction d'hostilité envers le patron, comme si les gens profitaient de l'occasion pour exprimer d'autres griefs. Peyrignac n'est pas un pratiquant convaincu. Il paraît cependant chaque dimanche à l'église, accompagné de ses deux filles et parfois de son neveu. Il a acheté, près de l'autel, l'emplacement laissé libre par Mme de Ponsac, et lui, le petit-fils de métayers, aime se montrer à cet endroit isolé de la foule par une barrière en bois travaillé, autrefois réservé à la seule famille noble du pays. Son besoin d'afficher sa réussite, la distance qu'il met entre lui et les autres déplaisent, mais personne ne lui fait la moindre remarque tant sa prestance en impose à tous. Le curé a renoncé à infléchir ce caractère intraitable.

— Un patron doit rester à sa place ! lui a dit un jour Peyrignac. Pour garder son autorité, il doit se tenir au-dessus du commun.

— Certes, a répondu le curé, mais dans le besoin, vous ne trouverez personne pour vous soutenir.

La réponse est tombée, brutale :

— Moi, dans le besoin ? Je ne demanderai jamais rien à personne !

C'est faux. Par deux fois, Martial Peyrignac a demandé aux Maubadois de voter pour lui, et par deux fois, il n'a pu ravir la mairie au si dévoué docteur Léon Betoule. Ce refus des électeurs, dont beaucoup sont ses ouvriers, devrait l'inciter à réfléchir, à se remettre en cause, mais Peyrignac, avec les défauts de ses qualités, considère que les

Maubadois ont tort et manquent de reconnaissance.

Breton pense ainsi, tandis que son âne, enfin décidé, trotte sur la petite route tortueuse près de l'Indrois, dont l'homme et la bête ressentent la fraîcheur matinale à l'ombre des grands frênes.

En arrivant au Moulin des Louves, l'âne fait un brusque écart qui manque renverser de son siège le curé somnolent. Breton se rattrape à la ridelle et ce qu'il voit glace son sang dans ses veines. Il se signe, arrête l'animal. Un corps est étendu au milieu du pont.

— Le Dr Betoule ! dit-il en joignant ses mains. Tué exactement au même endroit que Louis Peyrignac ! Mon Dieu, quelle histoire !

Il se signe de nouveau, se met à genoux, prononce une prière pour le mort, puis remonte sur sa carriole, fouette son âne. « Mon Dieu, protégez-nous du pire ! »

Les gendarmes constatent que le Dr Léon Betoule a été tué exactement de la même manière que Louis Peyrignac, d'une seule balle tirée dans le dos. Le médecin revenait de chez un patient, mais pourquoi a-t-il laissé sa voiture à cinq cents mètres de là ? Où allait-il à pied quand son agresseur l'a surpris ? Le brigadier Leflanchet fait une nouvelle enquête, questionne le vieux Labat qui était dans son jardin. Le père Bastien qui pêchait dans les parages n'a, lui non plus, entendu aucune détonation, mais il fait remarquer que le bruit de la rivière couvre tous les autres.

Le commissaire Joseph Puylieut arrive dans l'après-midi. La pensée de Virginie ne le quitte pas. Que s'est-il passé quand son regard a croisé celui de la jeune femme ? Il le sait, bien sûr, même si cela paraît incroyable, et il a peur de souffrir. Son enquête prend un tour qu'il n'avait pas prévu.

Il reste longtemps au Moulin des Louves, cherche à déterminer l'endroit exact où se tenait le tireur, fouille méticuleusement les alentours afin de trouver un indice, une trace qui pourrait le renseigner sur le meurtrier. Ensuite, il se rend chez Léon Betoule, où Alain, le fils de la victime, reçoit les visiteurs. Il questionne Mélanie Betoule qui lui répond entre deux sanglots :

— Il aurait dû être à Chinon, chez son ami le Dr Peyrati qui pêche ses étangs tous les quatre ans. Mon mari a finalement renoncé à son voyage à cause de l'assassinat de ce pauvre Louis. Il a été appelé hier au soir pour une urgence. Vers dix heures, il m'a téléphoné qu'il devait rester auprès de son malade.

— Vous a-t-il dit quand il pensait rentrer ?

— Il n'avait pas d'heure. Il se dévouait aux autres, jour et nuit.

Le commissaire remarque une rougeur en dessous de la lèvre inférieure qui lui semble enflée.

— Vous vous êtes cognée ? demande-t-il.

— Non, c'est une guêpe qui m'a piquée.

Puylieut questionne ensuite Alain Betoule. Abattu, le jeune homme lui répond :

— J'ai dormi jusqu'à sept heures et demie. Je profite de mon congé pour me reposer après une semaine de garde de nuit à l'hôpital.

Puylieut se rend ensuite à la Fabrique. La nuit

tombe, le silence des scieries et des machines arrêtées fait peser sa menace sur la colline tout entière. Ce soir, les villageois se taisent, Maubade est plongé dans la consternation.

Peyrignac se trouve dans son bureau avec son chef comptable. L'arrivée du commissaire le contrarie, mais il n'en montre rien. La présence de cet enquêteur justifie des soupçons que la rumeur ne cesse d'amplifier depuis la veille.

Il demande au comptable de se retirer et reçoit le jeune homme, dont il découvre l'assurance tranquille, la patience méticuleuse.

— Où étiez-vous ce matin entre quatre et six heures ? questionne le policier.

— J'étais, comme tous les matins, dans ce bureau en train de travailler ! répond brutalement Peyrignac.

— La nouvelle victime du Moulin des Louves, maire de cette commune, a été votre adversaire lors de récentes élections. On dit aussi que vous étiez brouillé avec lui depuis longtemps.

— C'est vrai que nos chemins s'étaient séparés. Nous n'étions pas du même bord politique, ce qui explique que nous ne nous fréquentions pas. Mais nous nous respections.

Puylieut demande à voir l'arme de Peyrignac.

— Mon revolver ?

Tout en parlant, le patron ouvre le tiroir, marque un arrêt. L'arme qu'il a cherchée la nuit dernière est à sa place, bien en évidence.

— Voilà qui est curieux, dit-il sans aller au bout de sa pensée.

La présence du revolver le tracasse autant que

son absence de la nuit. Il le tend à Puylieut qui ouvre le chargeur. Une deuxième balle manque !

— Étrange, remarque le commissaire.

— Je ne sais pas ce que cela signifie, précise Peyrignac. Trouvez vite le meurtrier et surtout cessez de m'importuner, car je serais obligé d'en parler à vos supérieurs.

Sans un mot, le commissaire sort en emportant l'arme. Élisabeth l'attend dans la cour.

— M. le commissaire, c'est encore moi qui ai tué le docteur Betoule. Arrêtez-moi, je vous prie.

— Voyons, mademoiselle...

Il ne sait que dire en face de cette jeune fille qui sourit en avouant un crime.

— Qui d'autre aurait pu faire une chose aussi odieuse ? Emmenez-moi, je vous prie !

Puylieut passe à côté d'elle sans répondre. Il va chercher sa moto laissée au portail, mais ne se presse pas. Son cœur s'accélère quand il voit Virginie qui l'attend en retrait de l'allée. Il espérait cette nouvelle rencontre tout en la redoutant.

Virginie est grave. Son visage plein d'une grande lassitude s'éclaire quand le commissaire s'approche d'elle.

— Monsieur le commissaire, vous allez très vite trouver le coupable, n'est-ce pas ? dit-elle d'une voix qui se veut neutre pour cacher l'étrange chamboulement qu'elle ressent pour la première fois auprès d'un homme.

Puylieut prend le temps de mesurer combien Virginie est belle et comprend que le destin l'a placée sur son chemin pour le faire souffrir. Comment une telle femme, la fille de Martial Peyrignac, pourrait-elle s'intéresser à un petit commissaire de police solitaire et quelconque ?

— Ce n'est pas simple, répond-il sans oser lever les yeux sur Virginie.

Elle voit le revolver qu'il a glissé dans une enveloppe en plastique transparent.

— C'est vraiment l'arme des crimes ?

— Il y a de fortes chances. Une expertise lèvera tous les doutes.

— Dans ce cas, reprend Virginie en baissant la tête comme pour ne pas montrer ses pensées, le meurtrier pourrait être le propriétaire de cette arme, comme le murmurent de plus en plus fort les gens à Maubade et dans la Fabrique ?

— Rien ne le prouve, précise Puylieut en se dirigeant vers sa moto.

— Alors qui ? demande encore Virginie en le fixant droit dans les yeux, ce qui lui fait très mal.

— L'enquête devra le dire, bredouille-t-il.

Il part en se maudissant.

Le lendemain, Martial Peyrignac, Virginie et Vincent partent en milieu de matinée pour Lognes. Le patron a confié la Fabrique à son chef comptable, Foucault, en qui il a une grande confiance. La famille se rend à l'enterrement de Louis comme si le défunt était mort naturellement et que Peyrignac n'était pas soupçonné d'être le meurtrier.

Martin sort la grosse Mercédès du garage. L'achat de cette voiture a beaucoup fait parler au pays. Peyrignac s'est justifié en disant que seuls les Allemands savaient construire des voitures solides et confortables.

Vincent monte devant à côté du chauffeur, Virginie et Martial derrière. Quand ils arrivent à Lognes, le corbillard suivi par une foule importante se dirige vers l'église. Martin gare sa voiture sous les tilleuls et se mêle à la foule. Peyrignac, sa fille et Vincent gagnent les premiers rangs. Laure, l'épouse de Louis, les voit s'approcher. Son visage se ferme, elle pousse un cri qui surprend tout le monde. Puis elle désigne Martial en criant :

— C'est lui qui a tué Louis ! Lui qui ose se montrer ici ! Chassez-le, je vous en prie !

Le frère de Laure réussit à calmer la pauvre femme qui sanglote et bredouille des propos confus. La cérémonie commence. Les accusations de la veuve pèsent sur l'assistance. Martial Peyrignac sent les regards posés sur lui, mais ne bronche pas, bien décidé à s'expliquer avec sa belle-sœur. Virginie est ailleurs. L'esclandre de sa tante la laisse indifférente : elle pense à Puylieut. Sa froideur de la veille n'était qu'une manière de se protéger, de ne pas se montrer vulnérable face à un homme ordinaire. Elle s'en veut, à son âge, d'éprouver un sentiment puéril qui n'est autre que l'expression d'une grande solitude.

— J'ai la preuve qu'il a tué Louis ! crie encore Laure à la sortie de l'église. Louis lui a écrit parce qu'il savait que la Fabrique allait mal et il lui a proposé de le dépanner. Il est parti l'autre jour avec une grosse liasse de billets. Et cet argent, qu'est-il devenu ?

— Je t'en prie, Laurette, tais-toi.

— C'est la vérité !

Martial Peyrignac fait comme s'il n'avait pas

entendu. Pour éviter les regards de plus en plus hostiles qui se posent sur lui, il reste cependant à l'arrière.

Au cimetière, le cortège se met en cercle autour du caveau. Le curé prononce les dernières prières et chacun passe devant le cercueil pour un ultime hommage.

De retour à la Fabrique en fin de matinée, Peyrignac apprend que le village est au bord de l'insurrection. Les gens réclament l'arrestation du meurtrier de leur maire, et les gendarmes ont beaucoup de mal à disperser les attroupements qui se forment spontanément au portail de l'usine.

— Ils sont persuadés que vous êtes le meurtrier, précise Foucault. Ils réclament justice et se disent prêts à la faire eux-mêmes. Je suis certain qu'ils sont manipulés par Grangean et ses syndicalistes.

— Ils sont tous devenus fous !

Il se place à son balcon pour regarder les ouvriers reprendre leur travail. L'entrain n'y est pas ; des groupes bavardent près des machines. Peyrignac précise à Foucault :

— Je n'admettrai aucun relâchement, ni le moindre dérapage. Les événements ne doivent pas bloquer la Fabrique. Toute parole malencontreuse à mon égard sera sanctionnée.

Dans l'après-midi, il se rend à Tours, où le préfet le reçoit fort aimablement et lui fait comprendre qu'il peut arranger les affaires matérielles, mais pas deux assassinats coup sur coup.

— Dès que le sang coule, les gens ont peur. Ils ont besoin d'un coupable qui ne peut pas se fabriquer sur mesure. La police a l'habitude de travailler sereinement.

— Mais enfin, tout ceci est ridicule ! Je n'admets pas qu'on ose me mettre en cause, moi, capitaine Martial Peyrignac, croix de guerre, chevalier de la Légion d'honneur !

— Rassurez-vous ! Je vais demander aux services de police de ne plus vous importuner et d'enquêter discrètement. C'est une affaire banale, le coupable sera vite confondu. Cependant...

— Quoi encore ?

— Vous ne pouvez échapper aux nouvelles dispositions du Code du travail. L'application de la convention collective serait la meilleure manière de faire taire bon nombre de vos ennemis. Nous pourrons trouver un aménagement pour passer progressivement à la semaine de quarante heures.

— Et quoi encore ? Mes ouvriers sont libres d'aller se faire embaucher ailleurs !

Peyrignac rentre chez lui de fort mauvaise humeur, car il a le sentiment que le préfet et toute l'administration se mettent à genoux devant les partis de gauche qui rêvent d'étouffer les initiatives privées. La démonstration de force de Mai 68 est encore dans toutes les mémoires. La droite, qui a gagné les élections grâce à la peur, ne veut surtout pas risquer qu'un incident se transforme en émeute.

Le commissaire Puylieut l'attend à la Fabrique. Glacial, le patron reçoit le policier en lui annonçant qu'il revient de chez le préfet. Puylieut ne perd pas son aplomb. Il semble détaché de tout, uniquement occupé par son enquête, mais ce n'est qu'une apparence.

— Une chose me tracasse, qui donne un bon argument à vos accusateurs, dit-il. Pendant les deux nuits, vous vous êtes levé à quatre heures du matin et vous êtes revenu vous coucher vers cinq ou six heures.

— Je ne vous l'ai jamais caché. Je me lève quand je veux ! répond Peyrignac sans un mouvement des paupières.

— D'autre part, Mme Mélanie Betoule m'a confié une lettre de votre frère, Louis Peyrignac, dans laquelle il dit vouloir faire la paix avec vous. Que lui avez-vous répondu ?

Martial Peyrignac a blêmi. Une ride profonde traverse son front au-dessus des sourcils. Il se lève ; Joseph Puylieut a un mouvement de recul.

— Je ne lui ai pas répondu.

— Vous comprenez que j'insiste parce que c'est de la plus grande importance pour la vérité.

Alors, le patron tend le bras vers la porte :

— Monsieur, je vous prie de sortir !

Ce dernier mot a éclaté comme une bombe. Toute la Fabrique en a été secouée. Puylieut ne se démonte pas. La seule pensée de Virginie lui donne toutes les audaces :

— Monsieur, je sortirai quand je le jugerai utile. Je suis mandaté par la justice de mon pays !

Peyrignac n'est pas habitué à ce qu'on lui tienne tête. L'aplomb du jeune policier l'impressionne plus qu'il ne le montre.

— Les conclusions du laboratoire sont sans appel : c'est bien votre revolver qui a tué à deux reprises sur la route du Moulin des Louves. Cela ne vous met pas dans une situation facile.

Peyrignac baisse sa garde :

— J'ai entendu ce qui se dit et les accusations. Comment les gens de Maubade, dont la plupart travaillent chez moi, peuvent-ils céder à de telles calomnies ?

Joseph Puylieut sait bien qu'il n'est pas l'homme de la situation et pourtant, pour rien au monde, il ne voudrait être dessaisi de l'enquête. Virginie fausse sa réflexion. Elle occupe toutes ses pensées, mais il sait bien qu'au bout du compte il sera déçu. Comment pourrait-il intéresser une femme, lui, le petit commissaire voué à la solitude et à l'indifférence des autres ?

Dès sa naissance, Puylieut a été rejeté. Né sous X, recueilli par l'Assistance publique, il a grandi dans différentes familles d'accueil sans jamais se fixer. À quatorze ans, le certificat d'études en poche, il a commencé par travailler dans une usine métallurgique de Tours. Il logeait chez Maurice et Adèle Langlaget, un couple sans enfant qui s'est attaché à lui. Adèle lui prêtait des livres et le jeune homme passait son temps libre à lire. Il s'est inscrit à des cours du soir et a découvert le plaisir d'apprendre. Après sa journée à l'usine, il étudiait le français et les mathématiques. Il ne sortait pas, travaillant sans relâche. En 1965, il a passé le concours de la police et a été brillamment reçu.

À cause de sa jeunesse studieuse, Joseph Puylieut n'a rien en dehors de son travail. Il vit seul dans un petit appartement du centre de Tours, avec vue sur la Loire. Il n'a pas de famille, pas d'amis à part les Langlaget à qui il rend visite régulièrement.

Sa solitude lui pèse. L'univers des femmes le fascine tout autant qu'il le redoute. Ses tentatives de séduction se sont toujours soldées par des échecs et il en a conclu qu'il était maladroit, peu intéressant et incapable de plaire.

L'autre jour, en montant à la Fabrique après l'assassinat de Louis Peyrignac, il a eu le pressentiment que cette affaire imprimerait sur lui des marques profondes. Jusque-là, Joseph Puylieut n'a eu à mener que des enquêtes banales. En Touraine, les gens sont plutôt paisibles. Les crimes restent rares. Il s'occupe le plus souvent d'escroqueries de second ordre. Les crimes de Maubade le propulsent à un niveau qui n'est pas le sien.

Les journaux se sont emparés de l'affaire. La sinistre réputation du Moulin des Louves ajoute aux meurtres des prolongements dont raffolent les lecteurs. Les titres les plus aguichants fleurissent sur les unes : « La malédiction des louves » ou bien : « Le démon du Moulin des Louves ». L'histoire de ces ruines dévorées par le lierre aiguise les imaginations : *Le Moulin des Louves serait-il maudit, comme l'affirment les gens du pays ? Tous redoutent les cris qui, en hiver, montent du bâtiment abandonné. Un Maubadois nous a affirmé que les âmes des morts qui n'ont pu entrer en paradis se retrouvent là avec le meunier dévoré par deux louves enragées. Elles cherchent alors à inquiéter les vivants...*

Les journaux politiques sont moins fantaisistes. Ceux de droite s'insurgent contre une rumeur qui salit Martial Peyrignac, homme d'honneur qui s'est fait à la force du poignet et à qui tout un village doit sa prospérité. À gauche, c'est exactement l'inverse : les éditorialistes s'en prennent à cette justice à deux vitesses qui condamne sans appel les ouvriers et laisse libre un patron dont tout permet de penser qu'il est capable du pire.

En roulant vers Maubade, Joseph Puylieut pense à ce que lui a dit son supérieur après un appel du préfet : « Il faut agir vite et ne pas laisser monter en flèche une affaire qui va devenir politique et où la justice aura de plus en plus de mal à trier le vrai du faux. »

Il a compris ce que signifie cet avertissement, mais Virginie le bloque, l'empêche d'aller au fond, de conduire son enquête avec une rigueur qui tient compte du moindre détail. La nuit dernière, il a rêvé d'elle et, pour la première fois de sa vie, il a osé ouvrir son cœur et a cessé d'être maladroit avec les femmes. Mais ce n'était qu'un rêve.

Le soleil éclaire les vignes, illumine la rivière. Joseph Puylieut se rend à l'enterrement du Dr Léon Betoule et s'en veut de ressentir au fond de lui une gaîté nouvelle. Quand arrêtera-t-il le coupable ? Si, quelques jours plus tôt, les Maubadois n'osaient pas prononcer le nom de Martial Peyrignac, désormais, ils ne parlent que de ça, soutenus par le bruit que fait cette affaire dans la presse nationale. Baptiste Grangean, aidé par ses amis du syndicat, ne cesse de multiplier les réunions publiques et de vociférer contre le patron hors-la-loi mêlé à une grave affaire de sang. Après le premier crime, les villageois qui ne portent aucune affection particulière à la victime, qu'ils n'ont pas vue depuis vingt ans, se seraient contentés d'un assassin maraudeur, mais le jour même de l'enterrement de leur maire, ils exigent une justice exemplaire, même si le coupable est un homme important.

À Maubade, une foule considérable se presse sur la place de l'église. Grangean est là, au milieu des employés de la Fabrique et des représentants du syndicat venus de Paris. Le préfet et plusieurs membres de son cabinet, des conseillers généraux marchent derrière la veuve, son fils et la proche famille. Dans un silence impressionnant, les visages fermés expriment une grande exaspération. Le corbillard arrive. Des rumeurs circulent. Grangean et ses amis laissent entendre que des ordres sont venus de Paris pour qu'on ménage le patron de la Fabrique. « Un homme comme Peyrignac se croit tout permis ! s'exclame le syndicaliste, soutenu par les leaders nationaux. Et ils pensent, ces messieurs du ministère, qu'on va laisser faire ! »

Joseph Puylieut se tient en retrait pour mieux observer la foule. Son regard s'arrête sur Mélanie Betoule, vêtue de noir, qui pleure abondamment, soutenue par son fils. Quand le cercueil est dans l'église, beaucoup de gens qui n'ont pu trouver place à l'intérieur se tassent sur le parvis. Ils sont alors étonnés de voir arriver Martial Peyrignac en personne, dans son habituelle tenue noire, le chapeau à la main, donnant le bras à sa fille et accompagné de son neveu. « Il a du cran ! » pense Joseph Puylieut.

Quand Peyrignac marche au milieu de l'allée centrale pour rejoindre l'emplacement qui lui est réservé, il y a un silence de centaines de respirations retenues. Il supporte sans broncher tous les regards indignés posés sur lui ; il avance, fier, il fonce dans l'arène. Ce n'est surtout pas un lâche. Le préfet lui-même s'en étonne.

Puylieut sait ce que risque le patron de la Fabrique. La rumeur poursuit son travail de sape. Les pouvoirs publics, soucieux d'éviter les soulèvements populaires, vont lui ordonner d'arrêter Peyrignac. La condamnation suivra, exemplaire, cadeau à une pensée unique, qui place les bons d'un côté et les méchants de l'autre. Puylieut sait que Peyrignac est capable de haines meurtrières. Son revolver ne porte que ses empreintes, mais le doute persiste dans l'esprit du jeune policier : s'il était le criminel, le patron aurait-il rangé l'arme dans son bureau au lieu de la faire disparaître ?

Il y a aussi les lettres, tout aussi compromettantes, mais qui ne sont pas des preuves formelles. Puylieut a pu se procurer la première, la plus importante, celle que Louis a écrite à son frère, puis la seconde envoyée au Dr Betoule. La réponse de Martial Peyrignac, celle où il donne rendez-vous à son frère au Moulin des Louves pour une première rencontre discrète, a disparu. La victime l'a-t-elle emportée lors de son fatal voyage de sorte que le meurtrier a pu la reprendre après son forfait avec la grosse somme d'argent destinée à sauver la Fabrique ? C'est probable, mais cela ne constitue pas une preuve.

À la fin de la cérémonie religieuse, six hommes hissent le cercueil sur leurs épaules et marchent lentement hors de l'église, suivis par Alain Betoule qui donne le bras à sa mère dont tout le monde reconnaît le courage. La foule recueillie leur emboîte le pas. Ceux qui n'ont pu entrer forment deux haies silencieuses sur la place et dans la rue qui conduit au cimetière. Martial Peyrignac marche, insensible aux regards insistants qui se posent sur lui. À côté, s'accrochant à son bras, légère comme une plume, Virginie lance un regard appuyé au commissaire, qui ressent la douleur d'une lance plantée dans sa poitrine. Vincent Peyrignac marche en retrait. Lui, la tête haute, fait des petits signes entendus à ceux qui lui sourient.

Au cimetière, les gens se tassent entre les tombes dans un silence impressionnant. Le curé Breton parle du défunt, mais sa voix ne va pas au-delà des premiers rangs. Enfin, le préfet prend la parole, retrace la vie exemplaire du maire de Maubade, s'attarde sur son action pendant la Résistance, son dévouement de médecin, puis conclut sur ces paroles qu'il veut rassurantes :

— Je m'engage solennellement devant vous à faire tout mon possible pour retrouver le meurtrier et obtenir qu'il soit condamné à la plus lourde des peines.

Un remous suit ces paroles, le bruit d'une houle puissante, d'une protestation incrédule. Virginie frémit et baisse la tête, comme si cette protestation s'adressait à elle. Une voix crie :

— Tout le monde connaît le meurtrier, alors pourquoi vous ne l'arrêtez pas ?

La foule acquiesce en un roulement de fond, sourd et prolongé. Peyrignac n'a pas bronché. Comme les autres, il se met dans la file et s'arrête devant le cercueil, tandis qu'un cri éclate, comme un coup de fouet : « Assassin ! ». Il lève la tête, cherche de ses yeux fixes celui qui a crié et poursuit son chemin en direction de la sortie. Il remonte à la Fabrique, toujours aussi dignement, tandis que d'autres voix l'accusent.

Personne ne le soutiendra ; le préfet l'a déjà condamné, c'est le sens de son discours au cimetière. L'occasion est trop belle de montrer aux petits, aux démunis, qu'il n'y a qu'une seule justice quel que soit le justiciable. Que la loi s'appliquera à Maubade comme ailleurs.

— À mon âge, je devrais être habitué à l'ingratitude humaine, dit Peyrignac à Virginie qui pèse tout à coup à son bras. Pourtant, je crois que je ne m'y ferai jamais !

Le lendemain, Joseph Puylieut est convoqué par le préfet. Le double crime de Maubade s'invite sur la terre glissante de la politique. Le représentant de l'État montre au commissaire les journaux de gauche qui dénoncent le laxisme des autorités face au patron le plus réactionnaire du pays : *Un homme qui refuse d'appliquer les lois,* écrit un journaliste dans *L'Humanité, déshonore la Légion d'honneur qu'il porte. Ses méthodes de voyou montrent qu'il n'est pas à un forfait près. Le peuple ne comprendrait pas qu'il y ait une justice à deux vitesses.* Le syndicat de Grangean s'associe à cette analyse et rassure les employés qui redoutent le chômage. Les dirigeants dynamiques et honnêtes ne manquent pas pour conduire la Fabrique vers une nouvelle prospérité. *Une usine n'appartient pas qu'à son créateur,* déclare à la télévision un responsable politique connu pour sa modération, *elle appartient aussi à ceux qui, par leur travail quotidien, la font exister. Les grèves du mois de mai dernier, les accords de Grenelle appelleraient-ils une revanche de certains dissidents de la classe dirigeante ?*

— Il faut arrêter ces polémiques ! fulmine le préfet. Le ministre ne supporte plus autant de bruit pour une affaire banale. Tous les éléments accréditent la culpabilité du patron de la Fabrique. Il doit donc être arrêté et jugé !

Puylieut sourit, incrédule. Le jeune homme ne cache pas sa pensée :

— Et la justice en faisant de lui un coupable ne se grandira devant personne. Je doute, en effet, que M. Peyrignac se soit rendu à un rendez-vous au lever du jour au Moulin des Louves, qu'il ait tué froidement son frère... Ce n'est pas dans son personnage.

Le préfet prend un air étonné.

— Voyons, monsieur Puylieut, c'est vous, le commissaire de police et vous m'étonnez du peu de connaissance que vous avez des hommes. Je pense au contraire qu'il est allé au rendez-vous parce que tout pousse à croire qu'il en est incapable. Ensuite, personne ne sait ce qui s'est passé entre les deux hommes, fâchés depuis vingt-cinq ans. Une fois ce crime commis, Martial Peyrignac a été contraint d'exécuter Léon Betoule qui savait trop de choses.

— Exécuter M. Betoule ! Cela représentait une prise de risque que Peyrignac aurait sûrement évaluée, rétorque Puylieut.

— Vous ne comprenez pas ce qui se passe dans la tête d'un homme comme Peyrignac que je connais bien. Ce crime est si odieux, si impensable et il se croit tellement au-dessus de la mêlée qu'il s'est dit que personne n'oserait le soupçonner. Alors, je vous demande de faire votre devoir. Les deux balles manquantes dans son revolver l'accusent.

— Ou l'innocentent ! objecte Puylieut. Croyez-vous qu'un coupable laisse ainsi traîner des preuves aussi évidentes ?

— Le contraire est tout aussi défendable. Je vous répète : il se croit au-dessus des autres ! Quant au mobile, vous le connaissez comme moi.

— Eh bien non, je ne le connais pas ! La Fabrique est au bord de la faillite, c'est vrai. Louis Peyrignac a proposé à son frère de le dépanner, c'est encore vrai. Mais leur brouille que l'on met en avant pour expliquer le crime ne me semble pas suffisante.

— Les langues se délient, poursuit le préfet. Les anciens compagnons de la Résistance, jusque-là peu bavards, ont retrouvé la mémoire et racontent de bien curieuses choses...

Puylieut réfléchit un petit instant, inspire et précise :

— Laissez-moi cette journée pour tenter de trouver du nouveau. Si je n'ai rien, je vous assure que je l'arrêterai demain matin.

— Du nouveau ? Mais enfin, nous avons une preuve irréfutable ! Vous entendez, irréfutable ! La perquisition confirmera ce que je viens de vous dire.

Puylieut se rend à Maubade. Le patron et sa fille sont à l'usine, d'où monte le vacarme habituel. Le commissaire entre dans la partie réservée aux bureaux et demande à voir Virginie. Une secrétaire le prie de s'asseoir. À cet instant, il oublie sa mission pour ne penser qu'à lui-même, à ce sentiment nouveau qui le fait passer d'une folle exubérance à l'abattement le plus profond. Il ne s'aime pas. Son visage le rebute, surtout maintenant qu'il a envie de plaire. Trop brun, trop frisé, la tête trop ronde, les yeux si peu expressifs et surtout sans charme. L'esprit lui manque ; sa conversation est ennuyeuse. Tout est ridicule chez lui, même son nom. Puylieut ! Une invention d'un employé de l'assistance plein de mépris pour ce bébé né sous X dont personne ne voulait. Et puis Joseph ! Un prénom d'un autre temps !

Au bout de quelques minutes, la secrétaire vient le chercher. Virginie sort dans le couloir et lui sourit. Elle porte une robe blanche qui met en valeur ses hanches, sa poitrine, son ventre plat. Ses cheveux d'or toujours savamment attachés sur la tête donnent de l'éclat à sa peau de blonde. Son célibat à vingt-sept ans reste un mystère pour Puylieut qui voudrait y voir une raison d'espérer.

— Monsieur le commissaire...

D'un geste de la main, elle invite le visiteur à entrer dans le bureau et à s'asseoir. Dès lors, le commissaire se dit qu'elle est aussi mal à l'aise que lui, qu'elle ressent le même sentiment, qu'elle est son double, son âme sœur. Puis il chasse ces pensées destinées à le rassurer, mais qui n'ont aucune raison d'être.

Virginie prend place derrière son bureau. Joseph Puylieut retrouve un semblant d'aplomb :

— Je voudrais vous demander de m'aider, précise-t-il.

Virginie plante ses yeux dans ceux du commissaire, y cherche cette douleur profonde qu'elle y a déjà remarquée, cette solitude qui rejoint la sienne. Rien de ce qu'elle remarque chez cet homme ne l'étonne ; elle qui côtoie les riches et les puissants est émue par sa simplicité, son intégrité et sa lucidité sans concession.

— Je suis à votre disposition, dit-elle.

— Votre père refuse de répondre à mes questions concernant la guerre. Vous devriez le convaincre de m'aider. Je voudrais le sauver. Tant d'interrogations demeurent !

— Je ne vous serai d'aucun secours. L'exigence de papa envers les autres n'a d'égal que celle qu'il s'impose. Oser le soupçonner lui paraît ridicule, alors je suis certaine qu'il ira au bout de son calvaire sans flancher !

— Ne croyez-vous pas qu'il protège certains secrets ? Vous connaissez les rumeurs à propos des caisses de billets destinées au maquis, parachutées sur le mont Luret ? Vous en a-t-il parlé ?

— Non. Papa ne se confie pas, surtout à moi.

— Et la mort de sa sœur, Marie, la mère de Vincent Peyrignac, qu'en savez-vous ?

— Ce que dit la rumeur : mon père aurait ordonné l'attaque de la maison où ma tante qui était retenue prisonnière par la Gestapo a été tuée. C'est tout ce que je sais.

— Vincent Peyrignac, né à Tours le 23 avril 1939, fils naturel de Marie Peyrignac. Que pouvez-vous me dire de plus sur votre cousin ?

— Ce que je vous ai déjà dit. Nous avons grandi ensemble, raison pour laquelle je le considère un peu comme mon frère. Sous son apparente insouciance, c'est un homme fragile, toujours harcelé par le passé.

Le silence retombe entre eux, plein de pensées qui ne demandent pas à être exprimées. Virginie pense à son enfance, à Vincent. Alain Betoule était leur inséparable compagnon de jeu. Élisabeth, beaucoup plus jeune, rejetée par le trio, se montrait déjà capricieuse, violente et pleurnichait pour un rien...

— Ce qui nous a toujours réunis, lui et moi, c'est que nous étions orphelins de mère et livrés à nous-mêmes. Peut-être a-t-il trouvé pendant ces années difficiles de quoi se renforcer. Moi, je n'ai pas encore réussi à surmonter le handicap !

Puylieut se laisse aller à son tour à une confidence qui le rapproche de la jeune femme :

— Moi, je n'ai eu ni père, ni mère, seulement deux vieux qui m'ont adopté et à qui je dois ce que je suis devenu.

Après un silence plein de sous-entendus, il ajoute :

— Persuadez votre père d'appliquer la convention collective pour museler le syndicat et les politiques. Ce serait une manière de désamorcer la bombe.

— Il ne voudra jamais m'écouter, souffle Virginie.

Puylieut cherche ses mots. Ce qu'il va dire est très grave. Pour la première fois, son rôle de commissaire lui pèse. Il murmure :

— Dans ce cas, je viendrai l'arrêter demain matin. Dites-lui qu'il me téléphone au cas où...

Virginie a un sourire résigné.

— Que voulez-vous qu'il fasse ? Il a toujours regardé la vie en face, ce n'est pas quelqu'un qui fuit.

— Je dois savoir ce qui s'est passé pendant l'Occupation, qui peut lui en vouloir au point de tuer pour le faire accuser.

— Ainsi, le passé ne meurt pas, même après presque trente ans, il continue de nous harceler, constate Virginie.

— Après les élections de l'année dernière, l'administration redoute qu'un fait divers comme celui de Maubade enflamme de nouveau les esprits, car les partis de gauche ont le sentiment de s'être laissé gruger et profitent de toutes les occasions... Vous comprenez que l'enjeu dépasse le double crime de Maubade.

Puylieut se lève pour prendre congé.

— Votre présence m'a fait beaucoup de bien, dit Virginie. Je sais que de très mauvais jours se préparent. Mon père ne fera rien pour se sauver, car s'il a bien reçu une lettre de son frère, il ne lui a jamais répondu. Cela, il le dira, mais n'ira pas au-delà, c'est certain. Votre aide me sera précieuse dans l'épreuve qui se prépare.

Dès que le commissaire sort, Virginie s'abandonne aux larmes qu'elle a retenues devant le jeune homme. Le doute s'est glissé en elle, un pieu de bois durci au feu, semant une douleur vive, le doute, première étape de sa déchéance ; son père est peut-être coupable puisqu'il a deux visages, deux vies : un passé d'aventurier pendant cette période sans loi de la guerre et cette allure austère du patron inflexible. Elle qui dépense pour exister comprend combien le poids de ce père en granite l'a écrasée.

Le lendemain, après une nuit d'insomnie, Joseph Puylieut remonte à la Fabrique dans une voiture de la police, accompagné par deux inspecteurs. Le soleil est déjà haut sur les collines, la journée sera chaude. Les vignerons travaillent depuis plusieurs heures entre les rangs de ceps près de la rivière, des enfants se rendent à l'école, un gros cartable sur le dos. Puylieut est sombre : il va arrêter Martial Peyrignac alors qu'il est convaincu de son innocence.

Quand la voiture de police s'arrête devant le portail de la Fabrique, les ouvriers sont à leur poste de travail. Puylieut descend, suivi des deux inspecteurs. Les machines se mettent à tourner à vide. Le regard du commissaire se porte sur le balcon du bureau, trône vide, monument érigé à la toute-puissance du maître.

Il hésite avant d'entrer dans le bâtiment tout en longueur, longe une grande salle où des ouvriers assemblent des chaises, des tables, des placards qui seront ensuite entreposés dans la pièce voisine. Beaucoup, par ressentiment, ont souhaité que Peyrignac soit arrêté, mais croyaient-ils la chose possible ?

Puylieut et ses deux compagnons montent l'escalier. De son bureau, Martial Peyrignac entend le bruit de leurs semelles. La porte est ouverte. Le commissaire évite de croiser le regard fixe et tranchant de l'homme assis à sa place de patron, qui attend, imperturbable. Enfin, le représentant de la loi dit, d'une voix qui se veut ferme mais tremble légèrement :

— Monsieur Peyrignac Martial, je vous arrête pour le meurtre de votre frère, Peyrignac Louis, et du Dr Betoule Léon.

Peyrignac ne bronche pas. Il n'a pas le moindre mouvement de cils, pas la moindre contraction du visage. Son immobilité froide est celle de la neige lourde qui précède l'avalanche. Au bout d'un moment qui paraît une éternité, il parle enfin :

— Je fais confiance à la justice de mon pays. Cependant, la présence de ces deux hommes en uniforme offense l'homme d'honneur que je suis.

Il se lève, massif et digne, prend son chapeau posé à côté de lui sur le bureau. Puylieut fait un signe aux inspecteurs. L'un d'eux s'approche, les menottes ouvertes à la main. Peyrignac hésite un instant avant de tendre ses énormes poignets de bûcheron.

— Vous me répondrez de cet affront.

Le déclic des bracelets de fer qui se referment lui arrache une petite grimace. Il est maintenant blême et la lenteur de ses mouvements ralentit le temps.

— Je vous prie de nous suivre ! dit le commissaire.

Peyrignac sort du bureau entre les deux policiers. Les employés massés dans le couloir sont, à cette heure, du côté du patron. Sa dignité les écrase, les rabaisse en face du géant qu'il est. Ils regrettent d'avoir souhaité son arrestation, d'avoir prêté une oreille attentive au syndicat. Les ouvriers des ateliers se sont rassemblés dans la cour, en ligne, formant deux haies humaines, silencieux, la gorge nouée. L'attitude du présumé coupable les écrase. Ceux qui ont crié à l'assassin lors de l'enterrement de leur maire regrettent de s'être laissé emporter par un mouvement général. Ce matin, Peyrignac montre son véritable visage, sans le masque de l'autorité absolue. Le petit-fils de métayers affiche sa noblesse qui ne doit rien à sa naissance et le hisse à un niveau que ceux qui le condamnent n'atteindront jamais. Son courage les anéantit dans cette cour écrasée de soleil, les laisse insensibles à la chaleur brutale, orphelins, car ils savent bien que tout va changer pour eux et qu'ils seront les premiers punis.

Vincent Peyrignac, au premier rang, baisse la tête pour feindre l'indignation et surtout ne rien trahir de ses sentiments. Son oncle lui jette un bref coup d'œil accusateur ou résigné, c'est en tout cas le seul de ses employés qu'il regarde.

Ils arrivent à la voiture. Peyrignac se tourne vers la maison. Virginie marche vers lui. Les lèvres entrouvertes, elle veut parler, mais aucun son ne sort de sa bouche. Avec ses cheveux en désordre, sa robe sombre, sans bijou, sans parure, la jeune femme ressemble à une fillette qui demande pardon.

— Papa !

Minuscule, elle s'arrête à deux pas de lui et voit les menottes. Son visage se contracte. Peyrignac, toujours impassible, la regarde de ses yeux fixes devenus ceux d'un martyr.

— Papa... dit-elle encore.

Il a comme une hésitation, une envie de tendre les bras vers elle, puis il murmure :

— Occupe-toi bien de ta sœur.

Il n'a pas un mot pour la Fabrique, l'œuvre de sa vie, car il la sait condamnée.

Puylieut, exécuteur des basses besognes, se sent d'une laideur repoussante. Il se dirige vers la voiture dont il ouvre lui-même la portière. Peyrignac y entre avec les policiers, sans se retourner une dernière fois vers le bâtiment tout en longueur de son usine qu'il quitte avec le sentiment que son départ sera sans retour.

Avant de monter dans le véhicule, Puylieut se tourne vers Virginie qui l'implore du regard. La chaleur monte, torride et orageuse. Le silence est ponctué par le bruit sourd du moteur, lent roulement de tambour, comme avant une exécution.

Ils n'échangent pas un mot. À Tours, la voiture s'immobilise dans la cour du commissariat. Puylieut descend le premier, suivi des policiers qui conduisent l'accusé dans une pièce où il subit une nouvelle humiliation. Il est fouillé entièrement ; on lui prend sa belle montre en or et la chaînette, son couteau, sa ceinture, les lacets de ses chaussures et sa cravate. Il supporte cet outrage sans un mot de protestation, comme absent.

À la Fabrique, tandis que des hommes au brassard rouge pratiquent une perquisition en règle dans la grande maison et le bureau du patron, on se demande si l'été ne va pas s'arrêter brutalement, si tout le pays ne va pas être plongé dans un hiver sans fin. L'usine décapitée peut-elle survivre ?

Vincent Peyrignac attend que les ouvriers soient rassemblés pour intervenir. Il passe dans le grand bureau, sort sur le balcon, comme le faisait Peyrignac quand il avait une communication importante à faire. Cette position suffit à le placer au-dessus de tous. Les ouvriers, qui ont arrêté les machines, s'apprêtent à rentrer chez eux. Le murmure de la colline bruissant d'insectes remplit tous les esprits. Vincent tend les bras.

— Mes amis, crie-t-il. Ne partez pas. La Fabrique doit surmonter les terribles épreuves qu'on lui inflige. Mon oncle souhaite que nous poursuivions notre effort. Personne ne peut dire ce que l'avenir lui réserve, mais nous lui gardons notre confiance. La dignité qu'il nous a montrée, son aplomb sont autant de preuves de son juste droit.

Il marque une pause, parcourt les visages levés vers lui.

— En attendant, que voulez-vous ? Avoir votre paie à la fin de chaque mois ? Eh bien, vous l'aurez ! Retournez à vos machines et continuez de travailler. Je m'engage à remplacer l'absent, à employer toutes mes forces pour que vous puissiez continuer de travailler et gagner ici votre salaire.

Les ouvriers sont étonnés d'entendre parler ainsi le neveu jusque-là discret et surtout réputé pour la légèreté de ses mœurs. Ce matin, sur le balcon, à la place de Peyrignac, sa silhouette gagne en poids, prend une épaisseur qui le rend crédible. On veut croire que ce neveu, caché par la forte présence du patron, est l'homme de la situation. On a envie de lui faire confiance, même s'il n'a pas la lourde stature de son oncle.

— C'est un Peyrignac, dit un vieil ouvrier, et il en a bien les manières. Sa mère, la pauvre Marie, avait autant de caractère que Martial. C'était bien pour cela qu'ils ne s'entendaient pas.

Foucault apparaît à son tour à côté de Vincent, ce qui décide les derniers récalcitrants. Avec lui, rien ne peut changer puisque le patron l'estimait au point de lui confier l'usine quand il s'absentait. Il ne dit pas un mot, ce n'est pas un homme de discours, mais il rassure.

— Ensemble, poursuit Vincent Peyrignac, nous surmonterons l'adversité. Je m'engage à appliquer au plus tôt la convention collective, à chercher de nouveaux débouchés, de nouveaux clients pour la Fabrique, pour notre Fabrique !

Jamais personne ne leur a parlé de la sorte. Les ouvriers applaudissent et, quelques instants plus tard, les bruits habituels redonnent vie au lieu.

De la maison où elle est partie cacher ses larmes, Virginie a assisté à la scène. La grandeur de son père l'a écrasée comme un insecte nuisible, l'a maintenue dans une dépendance dont elle n'a pas su se défaire. Son cousin profite de la situation et la trahit. Il s'empare de la Fabrique pour son seul profit. Virginie doit agir vite ; pourtant, elle pense qu'un peu de réflexion lui est nécessaire.

Joseph Puylieut remonte à Maubade en début d'après-midi. Il éprouve le besoin impérieux de revoir Virginie, de se disculper d'un acte odieux qui ne vient pas de lui, mais qu'il a été contraint d'accomplir. Il espère aussi découvrir un détail, quelque chose qui aurait échappé à la perquisition. L'arrestation de Peyrignac est pour lui un échec sur lequel il ne veut pas rester. Il a le sentiment d'être un simple figurant, que l'enquête s'est passée à un autre niveau et qu'on lui a caché l'essentiel.

En passant au Moulin des Louves, il est surpris d'entendre les bruits habituels de l'usine, car il pensait que le travail ne pourrait reprendre en l'absence du maître. Il laisse sa moto au portail et se dirige vers les bureaux sans se faire annoncer. Virginie, qui l'a vu arriver, vient à sa rencontre. Son visage pâle est grave, ses grands yeux ont perdu leur éclat souverain.

— Il n'a rien dit, n'est-ce pas ?

Elle espérait que son père se serait défendu,

qu'il aurait compris que l'orgueil le précipiterait dans l'abîme. Puylieut secoue négativement la tête.

— C'est Vincent qui a demandé aux ouvriers de reprendre leur travail, précise Virginie. Il est apparu au balcon, comme le faisait papa, et a été accueilli comme un sauveur.

Elle baisse les yeux ; ses cheveux défaits roulent sur son front.

— Je ne peux pas le laisser faire, poursuit-elle. Au nom de mon père et de ma sœur, je dois être à ma place.

Puylieut ne montre pas son incrédulité. Jamais les ouvriers n'accepteront cette fille dépensière à leur tête.

— Je vais faire un tour dans le bureau de votre père. Peut-être y trouverai-je quelque chose de nouveau.

Virginie s'approche du jeune homme, si près qu'il en est troublé. Elle lui prend la main, un contact qui le brûle et lui fait aussi beaucoup de bien.

— Je vous remercie pour tout ce que vous faites.

À cet instant, ils se rejoignent au-delà du contact de leur peau, dans un parfait accord de leurs esprits.

Puylieut trouve Vincent Peyrignac assis à la place du maître. L'austérité du lieu transforme le jeune homme. Le commissaire jette un regard circulaire ; il lui semble que les murs, les rayonnages de livres, les meubles ont déjà oublié celui qui a régné ici pendant vingt ans.

— Monsieur Puylieut, vous venez m'apporter

une bonne nouvelle : mon oncle va être libéré sous peu !

— Non, votre oncle ne sera pas libéré. Je cherche cependant de nouveaux indices. Vincent se dirige vers la porte.

— Je vais aux ateliers. Prenez votre temps, cherchez, fouillez, et surtout trouvez quelque chose qui pourrait aider mon oncle.

Puylieut pense à Virginie, qu'il voit mal à cette place. L'endroit ne peut convenir à une femme. Il faut une force physique, une autorité qui lui manquent. Vincent a su profiter de l'opportunité d'un instant d'hésitation pour se glisser dans sa nouvelle fonction comme s'il s'y était préparé depuis longtemps. Le neveu prend tout à coup la stature de l'oncle. Ce jeune homme papillonnant de femme en femme a bien caché son jeu. Le commissaire n'aime pas ses manières, son charme, ce qui l'incite à reprendre l'enquête depuis le début, car il le soupçonne de cacher bien des choses.

Vincent revient quelques instants plus tard et lui demande ce qu'il a trouvé.

— Je dois vous préciser, dit Puylieut, que je suis persuadé de l'innocence de votre oncle. Je ne peux pourtant pas grand-chose, n'ayant à ma disposition aucun élément nouveau.

— Certes, réplique le jeune homme. Mais les lettres...

— Elles ne prouvent rien.

— Je voudrais bien être de votre avis, commissaire. Il se trouve que les livres de comptes que j'ai consultés vont malheureusement dans un sens bien différent. Mon oncle était acculé à la faillite.

La vérité, c'est que la Fabrique ne vaut plus rien ; elle a plus de passif que d'actif et je vais devoir, moi aussi, trouver de l'argent. Mon oncle considérait que c'était se rabaisser que d'emprunter, peut-être avait-il trouvé un autre moyen !

Puylieut a sous-estimé Vincent Peyrignac qui, en face de lui, lisse sa belle moustache et attend une nouvelle question avec un petit air roué. Le bellâtre sait aussi réfléchir !

— Élisabeth Peyrignac est au centre psychiatrique de Tours. Je ne suis pas certain que ce soit sa place, ajoute Puylieut.

— Ce sont les médecins qui en décideront. Avouez que sa manière de s'accuser de deux horribles crimes montre un esprit dérangé qui a besoin de soins.

— Je n'en suis pas convaincu.

Le lendemain, Virginie se rend au bureau de la Fabrique où Vincent travaille déjà. Il ne lui a pas rendu visite volontairement, attendant que la jeune femme vienne à lui. Il la reçoit en mimant la surprise.

— Ma chère cousine, quel bonheur !

— Vincent, tu n'es pas à ta place dans ce bureau. Mon père est toujours le patron de la Fabrique et c'est moi qui vais, désormais, le représenter en attendant son retour.

Vincent sourit, se lisse machinalement la moustache.

— Virginie, tu n'es qu'une femme dans une usine d'hommes. Et puis, sache que la Fabrique est couverte de dettes. Je doute que les créanciers te fassent confiance.

— C'est ce que nous verrons. Je vais parler aux ouvriers. Le commissaire Puylieut est persuadé de l'innocence de papa qui va donc revenir dans peu de temps.

— Non, Virginie. Ton père ne reviendra pas. Il

faut désormais apprendre à se passer de lui. Associons-nous et dirigeons ensemble la Fabrique !

— C'est non. Je n'ai pas changé d'avis !

Vincent sourit toujours. Jamais il n'a été aussi maître de la situation. Aussi fait-il mine de se soumettre.

— D'accord ! dit-il en se levant de son siège. Ce bureau est le tien. Tu devras l'annoncer au personnel.

C'est l'heure de l'embauche. Les employés entrent dans la cour et s'arrêtent pour bavarder. L'orage de la veille a rafraîchi l'air ; le ciel est toujours gris et menaçant. Virginie s'arme de courage et se montre au balcon.

La surprise se marque sur les visages incrédules. Enfin, Virginie tend les mains :

— Mes amis, mon père étant absent, il est juste que je le remplace en attendant son retour qui ne saurait tarder. La Fabrique reste sa Fabrique et il doit la retrouver intacte...

Quelques rires fusent, puis une voix s'élève :

— Nous voilà bien !

— Je sais, poursuit Virginie, que vous n'avez pas l'habitude d'être dirigés par une femme. Beaucoup d'entre vous pensent que c'est impossible. Je vais m'attacher à prouver le contraire. Et maintenant, que tout le monde aille à son travail !

Les groupes obéissent en plaisantant. Pourtant, le premier but est atteint : les ouvriers prennent leur poste de travail comme d'habitude en sachant que Virginie est à leur tête. La jeune femme, forte de son succès, fait le tour des ateliers. Vincent a repris sa place dans son petit bureau de subalterne, non sans adresser des regards entendus à ses collègues. Cela n'est pour lui qu'une amusante diversion, il ne manque pas d'armes contre sa cousine.

Il lui rend visite en début d'après-midi. Un petit air amusé éclaire son regard en voyant les fragiles épaules de la jeune femme derrière l'imposant bureau de Martial Peyrignac.

— Cousine, lui dit-il sur un ton ironique, tu as gagné. J'attends tes ordres.

— Tu seras, avec Foucault que tu seconderas, responsable du bon fonctionnement de la Fabrique.

— Il y a plusieurs coupes de bois à visiter. Il faut choisir les meilleurs chênes pour la scierie. Vas-tu te rendre sur les lieux ?

— Fais-le toi-même. Je veux surtout m'occuper des comptes.

— Tout est ici, sur ces livres. Je te l'ai dit : il faut absolument trouver de l'argent frais et limiter nos dépenses.

— J'ai l'intention aussi de diminuer notre gamme de production. Nous faisons trop de modèles qui ne sont pas rentables. Il va falloir les supprimer.

— Je peux te répondre ce que ton père m'a toujours dit : certains modèles ne sont, en effet, pas rentables, mais ils constituent une vitrine. Ils sont là pour montrer le savoir-faire de la Fabrique et attirer des clients pour des modèles moins prestigieux. Toi qui as visité les grossistes, tu devrais le savoir !

— Peut-être, mais il faut faire des économies, tu l'as dit toi-même.

— C'est toi qui décides.

Une heure plus tard, Grangean demande à être reçu au nom du syndicat. Virginie accueille froidement ce garçon au visage rouge, à la moustache épaisse et à la tignasse frisée au-dessus de son front de bélier. Elle ne le prie pas de s'asseoir.

— Je voulais vous informer des revendications légitimes du personnel. Votre père a toujours refusé d'appliquer la loi.

Jamais Grangean ne se serait permis de parler de la sorte à Peyrignac, ni même à Vincent. Il a dans la voix un mépris qui n'échappe pas à Virginie. L'affrontement est inévitable : céder une première fois reviendrait à céder tout le temps.

— Je n'ai aucunement l'intention de revenir sur les décisions de mon père.

— Dans ce cas, il faut vous attendre à un mouvement de grève.

— La grève ! fait Virginie en haussant le ton. Que cherchez-vous ? La mort de la Fabrique ?

Un instant décontenancé par les propos fermes de la jeune femme, mais aussi par sa beauté, ses yeux verts à paillettes d'or pointés sur lui, Grangean se sent inférieur, cul-terreux mal dégrossi qui ne peut briller que devant ses collègues. Il réagit par l'attaque.

— Nous ne demandons que l'application de la loi.

— Savez-vous que la Fabrique doit trouver deux millions de francs dans les jours qui viennent ? Si nous augmentions les salaires tout de suite, nous serions très vite obligés de mettre la clef sous la porte. C'est ce que vous voulez ? Ainsi, le sort de tout le monde sera réglé.

Grangean ne s'attendait pas à autant de répartie et il n'insiste pas car il manque d'arguments. Pourtant, une chose est sûre : il ne va pas se laisser dicter sa conduite par une fille.

— Nous en reparlerons, dit-il en sortant.

Après l'embauche, Virginie confie la direction de la Fabrique à Foucault et se rend à Tours pour tenter de trouver l'argent indispensable à la survie de l'usine. Elle a ainsi le sentiment de racheter ses fautes, de retrouver une dignité perdue par facilité. Vincent Peyrignac, qui ne prend plus aucune initiative, mais reste dans son bureau comme un chat à l'affût, lui dit sur un ton ironique :

— Je te souhaite vivement de réussir !

Les orages ont détraqué le temps et, d'un ciel gris, tombe un petit crachin frais pour la saison. La jeune femme se rend en premier à la prison et demande à voir son père, ce qui lui est refusé. On lui explique que le détenu ne peut recevoir aucune visite tant qu'il n'a pas été interrogé.

— Je voudrais voir M. Puylieut.

— Le commissaire n'est pas là aujourd'hui, répond le gendarme. Il travaille chez lui sur les nombreux dossiers qui se sont entassés sur son bureau.

— Donnez-moi son adresse. J'ai à lui parler.

Le policier hésite, puis il se dit qu'une visite aussi agréable ne peut déplaire au commissaire.

— C'est au 20, rue Matthieu, mais surtout ne dites à personne que c'est moi qui...

— Vous avez ma parole, rassure Virginie avec son sourire le plus engageant.

Elle quitte le commissariat en pensant que son père n'est pas près de sortir de prison. « Il faut que je m'occupe de ma sœur, pense-t-elle. Elle et moi, nous avons perdu assez de temps à nous détester. »

Elle se rend chez le notaire de la famille, Me Malgret. C'est un petit homme chauve, rondelet et imberbe, qui passe pour un habile courtier. Un grand nombre de gens riches lui confient leur argent qu'il place en fonction de la Bourse.

Il reçoit Virginie fort aimablement, s'apitoie sur le sort de Martial Peyrignac dont il ne doute pas de l'innocence, mais tient sa fille pour une incapable et ne le lui cache pas. Quelles garanties peut-elle donner pour les trois millions de francs qu'elle réclame ? Aucune ! Et puis, cet argent qu'elle demande pour la Fabrique, ne va-t-elle pas le dépenser en bijoux ? Bref, il ne peut rien lui prêter. Virginie claque la porte.

Elle n'est pas mieux reçue par les deux banquiers à qui elle rend visite. *Ouest-France* et la presse nationale ont longuement parlé des deux crimes de Maubade et de l'arrestation de Martial Peyrignac. Comment accorder la moindre confiance à une femme dont le rôle négatif est évident ?

Virginie, dépitée, comprend qu'il est inutile de

perdre son temps dans une nouvelle tentative. Pourtant, sans argent, la Fabrique est condamnée. Elle n'a d'autre solution que de vendre la maison de Tours qui lui appartient en propre, mais elle n'en tirera pas plus d'un million de francs, ce qui n'est pas suffisant. « On fera avec, pense-t-elle, déterminée. On va réduire le personnel. »

Elle se rend à pied au 20 de la rue Matthieu, une ruelle étroite, en pente, entre dans un couloir sombre, monte un escalier de bois mal éclairé qui craque sous ses pas. Au palier, elle s'arrête quelques instants, le cœur battant, consciente que cette visite l'engage dans une voie refusée jusque-là. Elle frappe.

Des pas approchent, la porte s'ouvre. Joseph Puylieut ne peut cacher sa surprise en voyant Virginie, dont la présence dans ce lieu gris et poussiéreux lui paraît incongrue. Il recule d'un pas, bredouille un bonjour, honteux d'être surpris dans ce modeste lieu de vie, lui qui a arrêté le puissant Martial Peyrignac.

— Pardonnez-moi cette visite, fait Virginie, j'ai une révélation de la plus haute importance à vous faire.

D'un geste de la main, il invite la jeune femme à entrer. Dans ce petit intérieur de célibataire, elle occupe toute la place et Joseph Puylieut découvre la vétusté inconfortable de son fauteuil, la rusticité grossière de la table achetée dans une vente aux enchères. Il reste là, les bras ballants, ne priant pas la visiteuse de s'asseoir. Un étau l'oppresse. Il a tellement envie de plaire à celle qui occupe toutes ses pensées qu'il redoute de commettre quelque maladresse irréparable. Virginie rompt enfin le silence.

— Je suis lasse. Permettez-moi de m'asseoir.

— Faites ! dit-il enfin en désignant le fauteuil.

Il se tourne vers la fenêtre comme pour s'évader de cette situation inattendue. Le parfum de la jeune femme se répand dans cet intérieur austère, comme une invitation à se laisser aller. Il se met à marcher de long en large.

— J'ai besoin d'argent pour que la Fabrique continue de travailler, commence Virginie. Je suis allée voir le notaire de mon père et deux banquiers. Tous ont refusé de me faire un prêt.

Cela n'étonne pas Puylieut qui, retrouvant un peu de calme, s'assoit à son tour.

— Je vais vendre ma maison, précise Virginie.

Puylieut lui adresse un regard interrogateur.

— Oui, cette maison, c'est papa qui m'a poussée à l'acheter il y a quatre ou cinq ans. Il n'avait pas tort, c'est tout ce qui me reste.

Enfin, Puylieut demande :

— Vous voulez diriger une affaire aussi importante que la Fabrique ? Votre père vous a-t-il associée à son travail ?

— Mon père s'est toujours placé très haut au-dessus de tout le monde. Il n'a confiance qu'en lui et considère les autres comme des incapables.

— Voilà un jugement bien dur.

Le visage de Virginie s'est empourpré. Face à Puylieut, elle peut se laisser aller :

— Mon père voulait tout diriger, même ma vie personnelle. En compensation, il me laissait dépenser, et voilà le résultat !

— Quel résultat ?

— La faillite !

— Vos dépenses n'ont pas suffi à détruire une affaire aussi solide que la Fabrique. Je pense que...

— Vous avez raison, tranche Virginie. Mon père n'a jamais écouté les mises en garde de ses représentants qui étaient au contact de la clientèle. Il se croyait le seul à avoir raison en face d'une ribambelle d'imbéciles. Le monde a beaucoup changé en peu de temps et il ne l'a pas vu.

Elle baisse la tête pour ne pas trahir le fond de sa pensée. Puylieut se dit qu'elle déteste son père, ce qui le contrarie. Il éprouve pour Peyrignac un profond respect, même s'il en a mesuré les défauts. Virginie sort de son sac une feuille froissée qu'elle tend au commissaire.

— C'était dans la poubelle de la bibliothèque. Personne n'entre dans cette pièce qui lui est strictement réservée. Il se trouve qu'avec les événements, j'ai voulu y jeter un coup d'œil.

Puylieu prend la feuille et croit reconnaître d'emblée l'écriture fine de Peyrignac.

Louis, ta lettre m'étonne. Je ne l'attendais pas. Il me semble qu'entre nous tout a été dit, mais je veux bien que nous nous voyions.

Le commissaire de police tourne un regard peu convaincu vers la jeune femme.

— Cela ne vous suffit pas ? demande-t-elle.

— Non. Je ne comprends pas que votre père ait écrit cela et qu'ensuite il l'ait jeté à la poubelle où n'importe qui pouvait le ramasser. Cet homme ne change pas d'avis : s'il avait écrit cette lettre à son frère, il l'aurait envoyée.

— Quelque chose l'en a empêché. Ils se sont peut-être téléphoné. À moins que...

— Que quoi ?

— Que la tentation ait été la plus forte et qu'il ait voulu profiter de la grosse somme d'argent que son frère lui proposait. C'était la solution à tous ses problèmes. Et comme il supposait que personne n'irait le soupçonner... Souvent, je me dis que cet homme profondément intelligent est totalement aveugle quand il s'agit de lui-même.

— Non, tranche Puylieut. Cette lettre n'est pas de lui et a été placée dans la corbeille à papier pour qu'on la trouve.

— Mais par qui ?

— Qu'en pense votre cousin ? demande le commissaire qui regrette aussitôt d'avoir évoqué le beau Vincent Peyrignac.

— Mon cousin ? Pauvre Vincent ! Personne n'a été tendre avec lui. Le pire, c'est d'avoir eu comme tuteur celui qui a donné l'ordre de tuer sa mère, mais ce n'est pas pour cela que je vais le laisser me gruger.

Joseph Puylieut lève les yeux vers la jeune femme. Ils restent quelques instants ainsi accrochés l'un à l'autre.

— Je ne suis qu'une pauvre fille, soupire encore Virginie. Je m'en veux de ne pas plaindre mon père autant que je devrais. Il a besoin de moi, mais les forces me manquent.

Elle hausse les épaules, et Joseph Puylieut demande :

— Vous le croyez coupable, n'est-ce pas ?

Elle se lève pour s'en aller, s'arrête à la porte :

— Je ne suis plus sûre de rien. Je suis très fatiguée.

Il s'approche très près de la jeune femme. Il voudrait la prendre dans ses bras, mais n'ose pas.

— Ne me laissez pas tomber ! dit-elle avant de s'éloigner.

Seul, Puylieut s'enivre du parfum de Virginie qui flotte encore dans la pièce. Il s'assoit sur le fauteuil qu'elle a occupé quelques instants plus tôt, s'y vautre en promenant son visage sur le tissu encore imprégné d'une senteur venue de Maubade. Il a le sentiment que sa vraie vie commence.

Il se tourne vers la fenêtre. La pluie s'est arrêtée. De gros nuages noirs traversent le ciel encore clair entre les collines. Après la fraîcheur des jours précédents, la ville est écrasée par une chaleur moite qui annonce de nouveaux orages. Le sentiment qu'il porte à Virginie le pousse à l'action. Il se rend à la préfecture toute proche, se fait annoncer sans savoir ce qu'il va dire. En temps ordinaire, le commissaire aurait dû demander une audience, passer par la voie hiérarchique, attendre plusieurs jours, mais les crimes de Maubade ont secoué la région et le préfet le reçoit aussitôt, dans son grand bureau qui donne sur un parc magnifiquement entretenu.

Puylieut va directement au but de sa visite :

— Je vous demande de retarder le procès Peyrignac, dit-il, direct. Trop d'éléments manquent au dossier.

Le préfet s'étonne d'une telle insistance, mais n'en montre rien. C'est un bel homme à la chevelure grise. Il vient de Paris et adopte volontiers une attitude supérieure.

— Vous m'agacez avec vos certitudes qui viennent de nulle part. La perquisition dont j'ai demandé que les résultats ne vous soient pas communiqués apporte une preuve supplémentaire : une liasse de billets pour une valeur d'un million de francs était dissimulée dans la bibliothèque de l'accusé. D'où vient cet argent, selon vous ?

Puylieut secoue la tête pour montrer qu'il n'est pas convaincu.

— Et puis, le syndicat, appuyé par les partis de gauche, est très remonté, poursuit le préfet. Cette affaire passionne les foules. Le procès se fera donc. Pour moi, la page est tournée.

L'étau qui s'est refermé sur l'inculpé ne se desserrera pas de sitôt.

— Et la Fabrique ? demande le commissaire. Beaucoup d'ouvriers vont être mis au chômage.

— N'ayez crainte. J'y ai pensé. Certes, la fille de Peyrignac est totalement incapable de conduire cette entreprise, j'ai fait en sorte qu'elle soit vite évincée. Par contre, j'ai une grande confiance en Vincent Peyrignac, le neveu.

— Une revanche en quelque sorte ! s'exclame Puylieut. On a tué sa mère, cela vaut bien l'usine de celui qui a ordonné le coup de force.

— Écoutez, Puylieut, vos manières m'exaspèrent. Dans l'administration, on se doit d'être neutre. Aussi, je vous interdis de vous mêler encore de cette affaire. Toute ingérence de votre part serait considérée comme une faute professionnelle grave. Vous comprenez ce que je veux dire ?

Le préfet accompagne Puylieut jusqu'à la porte.

— Surtout, souvenez-vous de ce que je vous ai dit !

Virginie arrive à la Fabrique à la tombée de la nuit. Ses grandes résolutions n'ont pas tenu longtemps ; elle s'en veut, mais comment résister aux merveilles de Burmeau, le bijoutier chez qui elle a déjà tant dépensé et qui lui fait toujours crédit ? Elle a de nouveau rendu visite au notaire et lui a exprimé son intention de vendre sa maison. Sur cette vente, le notaire a accepté de lui prêter un million de francs, qu'elle a empoché avec une avidité qui n'est pas celle de l'avare, mais au contraire, celle de quelqu'un habité par l'envie de dépenser. Elle est sortie de l'étude, en se jurant qu'elle ne céderait pas à ses pulsions ; hélas, le démon l'attendait sur le trottoir et lui a soufflé un raisonnement très séduisant. Sa maison sera très vite vendue, pourquoi ne pas garder cinq cent mille francs pour son plaisir, le reste permettant de payer les dettes les plus urgentes de l'usine ? La pensée de Puylieut ne l'a pas retenue longtemps. Une frénésie impossible à maîtriser s'est emparée d'elle alors que ses pas l'ont rapprochée de la boutique du bijoutier devant laquelle elle s'est arrêtée.

Le soir, en arrivant à Maubade, les regrets l'assaillent. Elle a dépensé huit cent mille francs pour un superbe collier, il ne lui reste plus que deux cent mille francs pour la Fabrique, autant dire peu de chose.

Roger Martin, qui a vu sa voiture passer le portail, se précipite. C'est un petit homme maigre aux larges oreilles décollées, au nez sec, aux incisives larges et jaunes, au regard soumis. Il dit d'un ton résigné :

— Ah, Virginie...

Il est essoufflé sans avoir couru. Il cherche ses mots.

— Qu'est-ce qui se passe ?

— Les gens du syndicat sont venus. Ils ne veulent pas que vous dirigiez la Fabrique. Ils m'ont obligé à leur donner les clefs de la maison et de l'usine pour les remettre à M. Peyrignac, qui était avec eux.

— L'usine n'est jamais fermée. Les clefs ne servent à rien.

— Si, elle sera fermée pour vous, désormais

— Quoi ? Que voulez-vous dire ?

— Vincent a la confiance de tout le personnel. Grangean a dit que vos caprices avaient coûté assez cher et qu'ils n'en voulaient plus. C'est Vincent qui a toutes les clefs.

— Dans ce cas, je vais le voir.

Virginie marche d'un pas ferme, bien décidée à affronter son cousin qu'elle ne craint pas, mais qu'elle sous-estime. Elle frappe à la porte de la petite maison. L'orage gronde au loin.

Vincent vient ouvrir aussitôt et ne montre aucune surprise.

— Chère Virginie, je t'attendais. Entre ! Ta visite me comble. Martin t'a sûrement appris ce qui s'est passé pendant ton absence ?

— En effet. Rends-moi mes clefs !

— Les ouvriers se sont laissé monter le coup par le syndicat. Ils n'ont pas confiance en toi.

— Et tu les pousses dans cette voie !

— Certainement pas. Je vais te rendre tes clefs. Entre donc, je te dis !

Virginie pénètre dans une pièce où règne un grand désordre. Vincent s'excuse :

— Il manque une femme dans cet intérieur de célibataire. C'est vrai, je ne suis pas très ordonné.

Virginie s'assoit sur le fauteuil que le jeune homme lui désigne de la main. Il prend place en face d'elle, lui tend un trousseau de clefs.

— Tu vois, je te restitue ton bien et j'arrangerai cela avec les ouvriers. Aujourd'hui, j'ai été contraint de les suivre, car ils étaient très remontés. Demain, les esprits se seront calmés. Cependant, la conduite de la Fabrique est une affaire d'homme. Les ouvriers n'accepteront jamais d'être dirigés par une femme. Ta réputation de dépensière va attiser l'hostilité de tous et, en ce moment, les tensions ne facilitent pas la tâche du chef. Le syndicat est puissant. Martial avait une manière à lui de régler ces choses. Désormais, tu dois agir avec doigté. Tu dois aussi trouver de l'argent...

Vincent sort une bouteille de porto et deux verres. Il en tend un à Virginie qui refuse.

Elle veut se lever, mais Vincent, d'un geste, la prie de rester assise.

— Écoute, Virginie, le temps n'est plus aux gentils badinages. Puisque tu m'obliges à parler franchement, sache que je suis convaincu que ton père ne reviendra pas. Nous allons payer les meilleurs avocats pour qu'il sauve sa tête, mais il n'échappera pas à la prison. L'avenir de la Fabrique est entre nos mains, les tiennes et les miennes. Nous n'allons pas nous déchirer et risquer de tout perdre. Souviens-toi comme nous étions bien tous les deux !

— Nous étions jeunes et c'était le passé.

— Travaillons ensemble. Il n'y a pas d'autres solutions !

Elle refuse, une fois de plus, et s'en va, le trousseau de clefs à la main. Le jeune homme la regarde traverser la cour, entrer chez elle. Il sourit : le syndicat et les Maubadois lui font confiance, tous les atouts sont de son côté.

Le lendemain, Virginie attend courageusement les ouvriers au balcon de la Fabrique. Quand ils la voient, les premiers groupes s'arrêtent, figés. Ils n'y croient pas. Des dizaines de voix se mettent à la huer. Une pierre la touche à la joue, puis une seconde, des poings serrés se dressent. Elle entre précipitamment dans le bureau ; les employés scandent le nom de Vincent Peyrignac, elle plaque les mains sur ses oreilles pour ne pas les entendre. Son cousin se tient à la porte, se gardant bien de montrer tout triomphalisme. Elle se tourne vers lui.

— Montre-toi ! dit-elle en sanglotant.

— Tu ne m'as pas bien compris, hier. Voici le contrat qui va nous lier l'un à l'autre, fait Vincent en lui tendant une feuille.

Virginie parcourt le texte dactylographié.

— Tu ne manques pas de culot ! Je refuse.

— Libre à toi. Garde ton usine qui ne vaut rien et débrouille-toi avec les dettes de ton père !

Il s'éloigne. Des cris arrivent de la cour jusqu'à eux, malgré la fenêtre fermée. Des projectiles, pierres, fruits pourris, tombent sur le balcon. Virginie l'appelle :

— Tu as gagné ! Montre-toi.

Le visage du jeune homme reste impassible. Il atteint enfin son but, mais reste sur ses gardes.

— Je vais les calmer et tout va rentrer dans l'ordre. Virginie, crois-moi, je n'ai d'autre souci que de protéger votre patrimoine, à toi et à ta sœur. Signe d'abord.

— Montre-toi, nous verrons après.

Il n'insiste pas, certain d'avoir gain de cause. Il sort sur le balcon, aussitôt acclamé.

— Mes amis, s'écrie-t-il. Je tiens à vous rassurer, je suis avec Virginie Peyrignac et tout se passera bien.

— On veut pas une fille pour nous commander ! crie une voix.

— Et qui dépensera notre bon argent en bijoux ! fait une autre.

— Soyez sans crainte ! Je suis là, je vous dis, et rien ne se fera sans moi.

Des applaudissements remplissent encore la cour, puis les ouvriers se rendent à leur poste de travail en discutant vivement.

Pour Virginie, enfermée dans son grand bureau, le bruit des machines qui se lancent est celui de sa défaite.

Le soir, elle attend que l'usine soit déserte. Le silence l'écrase. Sa place n'est plus là. Elle a vécu à la Fabrique entourée de méfiance et de haine. Pourquoi insister, s'accrocher, s'agripper à un rocher qui va basculer en l'écrasant ? Le sentiment qu'elle éprouve pour Puylieut n'attend rien de personne et lui montre le chemin...

Elle quitte précipitamment le bureau silencieux, court à la maison vide. Des coups frappés à la porte la font sursauter.

Vincent Peyrignac entre. Comme dans la Fabrique, il peut se comporter en maître dans la demeure de son oncle. Virginie le regarde entrer, prête à livrer une nouvelle bataille. Il pose une bouteille sur la table.

— Nous allons fêter notre accord, dit-il. Nous allons boire du champagne. Mais avant, tu dois signer notre contrat.

— Jamais, tu entends, jamais je ne signerai !

— Libre à toi ! La Fabrique va déposer son bilan dès demain.

— Que fais-tu de mon père ? Il n'est pas encore mort, que je sache !

— Ton père n'a plus rien à voir dans les affaires de la Fabrique. Si tu veux me faire confiance, je peux obtenir des prêts avantageux.

Vincent Peyrignac sourit en coin, passe la

paume de sa main droite sur ses cheveux noirs. La jeune femme lève sur lui ses beaux yeux pleins de lumière précieuse : la condamnée, face à son bourreau, a un sursaut de défense.

— Tu sembles bien sûr de toi. Je comprends combien tu es heureux de ce qui arrive.

— Tu voudrais que je sois triste ? Toi seule peux comprendre cela parce que tu as partagé ma détresse d'enfant.

Il lui prend la main, comme il le faisait autrefois, lorsque les adolescents se cachaient des adultes pour s'inventer une vie à leur convenance.

— Tu voudrais que je sois plein de reconnaissance envers ce tuteur qui a profité de ma pension de pupille de la nation ? Eh bien non ! Au contraire, il y a là une justice qui me fait chaud au cœur. Car très franchement, je pense qu'il est capable de tuer sans ciller, d'ailleurs ses yeux ne cillent jamais !

Il a oublié la bouteille de champagne posée devant lui sur la table.

— Le seul réconfort que j'ai eu, poursuit-il en s'animant, je le dois à deux personnes. Notre grand-mère, qui me serrait dans ses bras en cachette de son mari et de son fils, et puis toi, toi qui partageais mes jours et me caressais la joue pour me calmer quand j'avais envie de tout casser.

— Ne cherche pas à m'attendrir.

— L'arrestation de ton père te libère toi aussi, te montre enfin la vraie lumière de la vie. Pour toi, ce qui arrive ne peut être que bénéfique. Je t'en prie, signe ce contrat.

— C'est non ! réplique fermement Virginie,

comme si Joseph Puylieut, au fond d'elle, lui soufflait.

— Eh bien tant pis ! s'emporte Vincent. Je m'en passerai, mais je n'abandonnerai pas les ouvriers à leur sort. Nous réglerons nos comptes plus tard.

Le dimanche suivant, la jeune femme se rend dans sa maison de Tours que des acheteurs doivent visiter. Elle a invité Puylieut à déjeuner et se réjouit de passer une journée avec lui.

Elle prépare le repas en pensant aux deux cent mille francs qui dorment dans son sac, tout ce qui reste de l'avance du notaire. « Pourquoi me priver ? pense-t-elle. Vincent a obtenu tout ce qu'il voulait des banques. Mon argent est donc libre. Nous sommes dimanche, c'est vrai, mais pour moi, les boutiques s'ouvrent le dimanche ! »

Quand Joseph Puylieut se présente au portail, un gros bouquet de fleurs dans les bras, Virginie a envie de rire. La maladresse du commissaire lui réchauffe le cœur, la réhabilite. Elle le laisse un moment en peine avec ses fleurs, pour savourer son plaisir, puis va ouvrir.

— Comme je suis heureuse de vous voir ! fait-elle en feignant la surprise, mais sans s'exclamer sur les fleurs.

Il entre et Virginie attend encore un peu pour le débarrasser. Penaud, Joseph Puylieut se tient au milieu de la pièce, conscient de son ridicule. Quelle idée absurde a-t-il eue d'acheter cet horrible bouquet ?

Enfin, Virginie prend les fleurs.

— Je vous remercie, dit-elle. Excusez-moi ! Je suis arrivée un peu en retard, ce qui explique le mauvais repas que je vais vous servir.

— Cela n'a pas d'importance !

Elle lui fait visiter la maison en insistant sur les travaux indispensables.

— Il faudrait retapisser les pièces de l'étage, la toiture a besoin d'être réparée. Tout ceci aurait pu se faire si je n'étais pas un panier percé.

Puis, changeant de sujet :

— Les banques ont prêté à Vincent de quoi garder l'usine à flot encore quelque temps. J'ai refusé d'entrer dans son jeu.

Elle le prie de s'asseoir à table où elle a disposé deux assiettes. Elle lui sert un verre de vin.

— Avez-vous du nouveau ?

— Le préfet m'a dessaisi de l'affaire, et il m'interdit de m'en mêler sous peine de sanction. M. Peyrignac sera jugé très prochainement et certainement condamné.

— Mais vous m'avez dit être convaincu de son innocence !

— Je le suis. Mon obstination trouve ses raisons ailleurs que dans la logique d'une enquête.

Il soutient le regard de la jeune femme dont les paupières battent à plusieurs reprises. Elle pose sa main sur la sienne.

— Je me dis que Vincent, qui croit gagner, s'enferme un peu plus dans ses travers.

Elle sourit à la pensée de cette revanche.

Ils grignotent plus qu'ils ne mangent. Joseph Puylieut raconte son enfance dans des familles d'accueil, son adolescence chez les Langlaget.

— Des gens très riches, sans enfant. Ils se sont attachés à moi et je les aime comme mes véritables parents !

— Vous n'avez jamais voulu savoir qui était votre mère ? demande Virginie.

— Non. Une femme qui accouche sous X est au bout du désespoir. Je lui en ai beaucoup voulu. Désormais, j'ai fait la paix avec mon passé et ses fantômes.

Après le repas, ils s'assoient sur le canapé en face d'une télévision éteinte. Ils se frôlent, se découvrent. Le monde n'existe plus.

Il n'ose pas la questionner sur sa vie passée, sur les hommes qu'elle a connus et aimés. Pourquoi à vingt-sept ans est-elle encore seule ? Elle va au-devant de sa curiosité, montrant l'aspect sombre de sa personne :

— Je n'ai eu que des aventures passagères. Mon père voulait me garder près de lui, mais ce n'est pas ce qui m'a retenue.

— C'est de pouvoir dépenser plus que de raison ?

Virginie fait une moue songeuse.

— C'est mon défaut. J'ai beau me dire que cela ne m'apporte rien, lorsque j'entre dans un magasin, j'ai envie de tout acheter ! Je le regrette après, mais sur le coup je suis incapable de me freiner.

Il voudrait la prendre dans ses bras, l'étreindre

avec la force de ce sentiment qui ne le laissera plus en paix.

— Il faut que je m'occupe d'Élisabeth, précise-t-elle. Après le procès, si mon père est condamné, je serai sa tutrice.

— Cela me semble urgent, conclut Puylieut. Son placement, même provisoire, à l'hôpital psychiatrique ne doit pas se poursuivre, sinon elle deviendra vraiment folle.

Ils se séparent vers sept heures du soir : Virginie ne veut pas laisser trop longtemps Vincent seul à la Fabrique. Ils se quittent en se jurant de se retrouver très vite.

Seul, le commissaire, qui éprouve le besoin de prendre la mesure de ce qui lui arrive, va marcher au bord de la Loire. Ses pas le conduisent naturellement à une maison bourgeoise construite un peu en dehors de la ville, dans un cirque naturel, longé par le fleuve. Il entre dans le parc, constate que les parterres ont été soigneusement nettoyés, que la pelouse est tondue. Il grimpe les marches d'un escalier blanc à la rampe en colonnes de pierre tournées et ouvragées, s'arrête devant la porte, elle aussi sculptée, actionne la main de fer.

Le jeune homme attend quelques instants et sourit légèrement quand le bruit feutré de petits pas l'avertit que Mme Langlaget approche. La porte se déverrouille et s'ouvre lentement sur une petite femme très ridée, maigre, vêtue d'une robe sombre. Ses cheveux blancs sont attachés en un beau chignon fourni. Elle sourit.

— Mais c'est ce cher Joseph qui nous rend visite ! Quelle bonne mine vous avez ! Entrez vite ! Maurice est au salon.

Puylieut suit la vieille femme jusqu'à un salon ancien qui sent le vieux cuir et la cire. M. Langlaget tend la main à l'arrivant. Vêtu avec soin, il est assez grand, toujours très droit malgré son grand âge.

— La bonne idée que vous avez eue de nous rendre visite ! dit l'homme de sa voix de vieillard. Les dimanches sont d'une telle tristesse que je voudrais les supprimer. Cette maison sombre dans un silence de caveau !

Avec ce vieux couple, Joseph Puylieut renoue avec les huit années presque heureuses passées dans cette maison.

— Vous allez prendre une tasse de café, dit Mme Langlaget en s'éloignant vers la cuisine.

Quand les deux hommes sont seuls, M. Langlaget parle d'abord de l'affaire Peyrignac, puis dit en baissant le ton :

— S'il est une personne en qui j'ai confiance, c'est bien vous. Figurez-vous que ma mémoire me joue de mauvais tours.

— Que dites-vous ? Vous êtes encore fringant comme un jeune homme.

— Nous sommes seuls, poursuit Maurice Langlaget. Nous pouvons parler et aller sans risque. Suivez-moi.

M. Langlaget prend sa canne posée sur le rebord de son fauteuil et passe dans la bibliothèque. Il pousse un pan d'étagères remplies de livres, cherche une clef dans son trousseau accroché à sa ceinture, ouvre une porte qui donne sur une minuscule pièce sombre, sans fenêtre.

— Voilà le coffre. Figurez-vous que je n'arrive plus à me souvenir de la combinaison d'ouverture. J'ai donc écrit les chiffres sur un morceau de papier qui ne me quitte pas. Mais ce n'est pas prudent.

Langlaget sort une feuille de la poche intérieure de son veston, la déplie sur le coffre et se met à composer un numéro. La porte cède. Puylieut découvre une fortune en lingots et pierres précieuses.

— Des rapaces tournent autour de nous en souhaitant que nous mourions le plus vite possible pour s'approprier le magot, mais ils n'auront rien !

Depuis longtemps, Puylieut connaît l'existence de cette fortune, mais c'est la première fois que Maurice Langlaget la lui montre.

— Je vous dis qu'ils n'auront rien ! répète le vieil homme en fermant la porte. Quant aux voleurs... Le risque existe toujours.

— Je pense, en effet, que vous commettez une erreur d'écrire le code d'ouverture sur cette feuille. Imaginez qu'on vous la vole ou que vous la perdiez...

Langlaget repousse le panneau de la bibliothèque. Il est pensif et revient au salon sans un mot. Mme Langlaget apporte un plateau avec une cafetière en argent et des tasses finement ouvragées.

— Vous avez raison, fait M. Langlaget. Il ne faut plus que j'aie ce papier sur moi. Je vais vous le confier. Il ne peut être plus en sûreté. Si j'ai besoin de prendre quelque chose dans mon coffre, je vous enverrai un taxi...

Puylieut bredouille, se montre confus d'une telle confiance. Très vite la conversation change de sujet. Ici, l'argent n'est pas une grande préoccupation. Quand le jeune commissaire rentre chez lui, la nuit est tombée, fraîche et humide.

Les journaux n'oublient pas l'affaire Peyrignac. L'opinion publique non plus, et de nombreux rassemblements ont lieu tous les jours devant la prison de Tours pour demander un procès rapide et la condamnation du coupable, qui refuse toujours avec hauteur de répondre aux questions qu'on lui pose.

Le juge Bérégand, pressé par sa hiérarchie, fixe le procès d'assises au 7 novembre 1969. Tous les journaux annoncent la nouvelle. L'ombre de Mai 68 plane sur cette affaire. La population a besoin d'un salaud pour conjurer ses démons et retrouver la sérénité de sa conscience. *L'Humanité* réclame en première page que la justice ne recule pas devant ses responsabilités : *Il est temps,* conclut l'éditorialiste, *que les Français reprennent confiance en une justice impartiale, qui punit les délits quels que soient ceux qui les ont commis.*

Le jour du procès, plusieurs heures avant l'ouverture, une foule considérable se presse sur la place devant le tribunal de Tours. Pour l'occasion, et parce que Vincent et Virginie Peyrignac sont convoqués, la Fabrique reste fermée.

Dès l'ouverture des portes du tribunal, une bousculade se produit dans le grand escalier. Les curieux jouent des coudes pour avoir une place à l'intérieur. La voiture qui amène Peyrignac de la prison, protégée par un cordon de gendarmes, a beaucoup de mal à se frayer un chemin dans la cohue. La foule se met à scander : « À mort ! À mort ! » Des cailloux volent, l'un atteint le pare-brise qui vole en éclats. Les gendarmes doivent jouer du bâton pour permettre au véhicule de s'approcher de l'escalier. Lorsque Peyrignac en sort, protégé par huit hommes, un seul cri de haine embrase la place : il est là le patron absolu, enfin humilié, rabaissé !

Martial Peyrignac est poussé dans l'allée du tribunal. Il marche toujours aussi dignement, la tête haute. Le président fait fermer les portes et demande le silence.

Virginie et Vincent Peyrignac se tiennent au premier rang côte à côte, pas très loin de Mélanie et d'Alain Betoule. La jeune femme, les traits tirés, les yeux cernés, est vêtue d'une robe grise toute simple. Elle a passé un fichu sur ses cheveux tenus par de gros peignes. Elle jette un bref regard à son père. Le souverain patron de la Fabrique n'a rien perdu de sa prestance malgré ses vêtements fripés et la barbe qui salit ses joues. Ce n'est pas un homme vaincu qui va se faire juger, c'est une victime qui fait face à son destin. Le public retient sa respiration.

Vincent Peyrignac aussi est impressionné. Son

oncle lève ses yeux qui ne cillent pas, parcourant les rangs des curieux, et s'arrêtent sur lui. Le jeune homme ne peut soutenir le regard fixe qui le brûle. Le patron se place encore au-dessus de la mêlée : la prison et les humiliations répétées ne l'ont pas fait fléchir ! Il est d'un bois trop dur pour se laisser façonner.

S'il avait le moindre doute sur l'innocence de l'accusé, Joseph Puylieut le perdrait à cet instant de grande vérité. Par ordre du préfet, il est interdit d'audience, mais il a passé outre et a réussi à se faufiler dans un groupe d'anonymes. Le commissaire Nottat, un homme d'une cinquantaine d'années, l'a remplacé pour répondre aux questions de la cour et sait ce qu'il doit dire.

L'avocat général commence par énumérer les chefs d'accusation à l'encontre de Peyrignac qui n'a pas la moindre contraction de visage. Il n'est pourtant pas absent, au contraire, son regard fixe posé sur l'homme en robe noire qui gesticule ; ses lèvres serrées montrent qu'il entend tout et oppose une protestation muette. La parole est donnée à la partie civile qui brosse un portrait du prévenu destiné à accentuer la sévérité des jurés.

— Martial Peyrignac, fils de Gaudefroi Peyrignac et de Louise Marchand, a pris la succession de son père à la fin de la guerre. Il a transformé une petite affaire artisanale en une usine qui fabrique des meubles et emploie, à ce jour, une centaine de personnes. Mais, depuis quelques mois, les difficultés se sont multipliées. La Fabrique, comme on l'appelle à Maubade, est au bord de la faillite. Les deux crimes du Moulin des

Louves sont-ils liés à ces mauvaises affaires ? Certainement. Peyrignac pensait que sa position, son extraordinaire réussite, la dette qu'ont les Maubadois envers lui le tenaient à l'abri de la justice, pourtant l'histoire le rattrape ! déclare Me Ruffaut.

Il darde ses yeux globuleux sur l'assistance et poursuit :

— Reprenons les faits par le début : en 1942, les troupes allemandes envahissent la moitié sud de la France, les frères Peyrignac et M. Betoule sont dans la Résistance qui se généralise. Martial Peyrignac devient le lieutenant Malloint. Sa sœur, Marie Peyrignac, les a rejoints. Elle se fait prendre par une patrouille, qui l'enferme dans une maison à Montlouis. Peyrignac redoute qu'elle ne livre les secrets de l'armée secrète et organise un commando qui a pour mission de raser la maison en ne laissant aucun survivant.

L'avocat général se tourne alors vers Martial Peyrignac.

— Est-ce bien vrai ?

Me Martinat, avocat de la défense, s'interpose :

— Il s'agit là d'un acte de guerre qui ne peut être retenu par cette juridiction. Marie Peyrignac a été décorée à titre posthume.

— Poursuivons, reprend Me Ruffaut. En 1943, la Résistance est bien organisée. C'est l'époque où les Alliés aident les soldats de l'ombre en parachutant des armes et des caisses de dollars. Trois caisses seront parachutées sur le mont Luret, deux seront acheminées vers leurs destinataires, la troisième sera perdue, mais pas pour tout le monde.

Et celui qui a réceptionné ces caisses était Peyrignac en personne.

— Deux caisses et seulement deux ont été parachutées cette nuit du 16 octobre, précise l'accusé d'un calme qui énerve l'assistance. Et les deux caisses ont été transportées au domicile du commandant Levriart sous les ordres duquel j'étais placé. Je ne sais rien de la troisième.

— Vraiment ? questionne Ruffaut. Les preuves existent que la troisième caisse a été parachutée un peu après les deux autres. L'avion qui s'était éloigné de la cible avait dû faire demi-tour...

Me Martinat conteste ces faits et demande qu'on appelle un témoin. Un homme d'un certain âge, très maigre, s'approche, son chapeau à la main, donne son nom : Jacquot Lemonier, serrurier de son état. Il était avec Peyrignac lorsque les Alliés ont parachuté les caisses de billets.

— L'avion n'a pas fait demi-tour ! Il s'est éloigné. J'étais avec M. Peyrignac. Nous avons pris les deux caisses et nous avons couru jusqu'à la camionnette qui nous attendait en bas, sur la route de Chinon.

— Aviez-vous une montre pour regarder l'heure ?

— Non, mais je sais que M. Peyrignac n'a pas pris la troisième caisse, parce que j'ai passé toute la nuit près de lui.

Un grondement de protestations accueille ces propos. L'avocat de l'accusation réclame le silence.

— J'en prends bonne note, dit-il au témoin.

Nous en arrivons au mobile du crime. Pouvez-vous nous dire quand vous avez quitté Peyrignac ?

— Le lendemain vers sept ou huit heures. Nous étions à Langeais. M. Peyrignac m'a laissé avec un groupe du maquis et il est parti avec la camionnette.

— En effet, il est parti, reprend Me Ruffaut. Il est revenu au mont Luret pour chercher la troisième caisse, car il savait que l'avion l'avait parachutée en retard. Il a arrêté la camionnette en retrait de la route et il a fouillé les taillis. Il a bien trouvé la caisse, mais elle était vide ! En repartant, il est tombé nez à nez avec son frère et M. Betoule. Que s'est-il passé entre les trois compères ? Où était l'argent ? La situation financière de chacun d'eux permet de se faire une bonne idée de la question : le Dr Betoule, fils de cordonnier, il ne faut pas l'oublier, jusque-là désargenté, se fait construire la villa que nous connaissons ; Louis Peyrignac, qui n'était guère plus riche, achète une minoterie. La vérité, c'est que Peyrignac s'est battu avec son frère et Betoule, mais qu'il n'a pas eu le dessus. Les témoins affirment avoir entendu des cris et Martial Peyrignac est rentré au campement de Langeais les vêtements en lambeaux. Voilà d'où vient la brouille. Quant aux deux crimes, ils en sont la suite logique : Martial Peyrignac est acculé à la faillite s'il ne trouve pas de l'argent frais. Il rackette son frère en le menaçant de dévoiler le pot aux roses, il rackette aussi Betoule...

— Ceci est faux ! dit Peyrignac.

— Ah bon ?

Sur un signe de Me Ruffaut, le président du tribunal fait appeler Virginie Peyrignac à la barre.

La jeune femme, très mal à l'aise, trébuche sur la première marche. Ruffaut lui pose une question très précise :

— Pouvez-vous confirmer devant le tribunal ce que vous avez dit, à savoir que, durant les nuits du 30 juin au 1er juillet et du 1er au 2 juillet, vous avez entendu votre père s'absenter plusieurs heures ?

Elle hésite un instant, amorce un mouvement de tête vers Martial Peyrignac qui la regarde fixement.

— Je suis obligée de le confirmer parce que c'est la réalité. Mais je dois ajouter que cela lui arrive souvent de se lever la nuit pour aller travailler dans son bureau à la Fabrique.

Me Gauraud, qui est pressé, conclut :

— Nous en savons assez. Peyrignac, dont l'usine était menacée, a reçu une lettre de son frère que voici. Une lettre qui tombait à pic pour le tirer de ses ennuis financiers. Je demande qu'on entende Laure Peyrignac, veuve de Louis Peyrignac.

La femme vêtue de noir qui monte à la barre des témoins lance un regard haineux à Martial Peyrignac, puis son visage se crispe, comme si elle cherchait à garder son calme.

— Madame, vous confirmez ce que je viens de dire ?

— Oui, la brouille avec Martial pesait beaucoup à Louis qui voulait faire la paix. Quand il a appris, je ne sais comment, les difficultés de la Fabrique, il lui a écrit et, quelques jours plus tard, il a sorti une grosse somme d'argent de la banque et m'a dit : « Je vais le dépanner ! »

— Comment était cette somme d'argent ?

— Des billets attachés avec un ruban bleu.

— Qu'on apporte la pièce à conviction trouvée dans la bibliothèque de l'accusé.

On apporte un petit paquet. L'avocat général fait sauter le scellé et en sort une liasse de billets tenus ensemble par un ruban bleu.

— Est-ce bien celle-là ?

— C'est possible.

Laure éclate en sanglots en retournant à sa place.

— Je n'ai pas demandé d'argent à mon frère, dit calmement Martial Peyrignac. Ce n'est pas dans mes habitudes de faire du chantage. Je confirme qu'il m'a écrit en me proposant de m'aider. Je ne lui ai pas répondu. Je ne sais pas d'où viennent ces billets.

— De votre bibliothèque, où vous les aviez cachés !

— Ce n'est pas vrai.

Me Gauraud demande ensuite que l'on fasse appeler Mélanie Betoule. Celle-ci monte à la barre et tourne vers l'avocat son beau visage aux cheveux blancs soigneusement attachés en un gros chignon.

— Madame, commence-t-il, pouvez-vous nous raconter les derniers instants que vous avez vécus avec votre époux ?

Elle parcourt l'assistance des yeux et fixe un instant l'accusé avec un aplomb qui étonne Joseph Puylieut.

— La veille, mon mari est rentré plus tôt que d'habitude parce que notre fils était là. Nous avons bavardé de tout et de rien.

— Vous semblait-il préoccupé ?

— Pas le moins du monde. Au contraire, il était très détendu et parlait avec Alain des étangs de son ami, le Dr Peyrati, de Chinon, chez qui il devait se rendre pour une partie de pêche. Vers neuf heures, nous allions nous mettre à table, quand il a été appelé pour une urgence. Il m'a téléphoné deux heures plus tard en me disant qu'il allait être obligé de passer la nuit près de son patient. Je ne me suis pas inquiétée puisque cela lui arrivait très souvent.

Me Garaud se plante devant elle :

— Vous avez été dans la Résistance en même temps que le prévenu. Que savez-vous de cette caisse de dollars parachutée ?

— Rien ! Je sais que mon époux a fait un très gros emprunt pour construire notre maison et qu'il n'avait aucune fortune cachée. Les frères Peyrignac ont peut-être profité de ce don du ciel, mais sûrement pas Léon.

Pour Me Garaud, l'affaire est entendue :

— J'ai pu vérifier ce que vous venez d'affirmer, madame. J'ai ici le dossier concernant l'emprunt de votre mari, alors jeune médecin à Maubade. En revanche, les comptes des frères Peyrignac sont très flous. D'où vient l'argent qui a permis à Louis d'acheter sa minoterie à Lognes ? D'où vient l'argent qui a permis à Martial de créer la Fabrique, d'acheter les machines ? La réponse est simple : les dollars des Américains !

— Ce n'est pas vrai ! s'insurge le prévenu.

Me Martinat appuie la protestation de l'accusé en brandissant, lui aussi, un dossier :

— Voici tout le détail de l'emprunt qu'a fait le prévenu lors de la création de la Fabrique. Tout y est clair. Vous y trouverez les factures des entrepreneurs, des marchands de machines et de bois. Il n'y a eu aucun apport d'argent dont on ne peut trouver la provenance.

L'avocat de la défense donne le dossier au président de la cour qui y jette un œil distrait. Puis se tournant vers son confrère de l'accusation, Me Martinat sort un autre dossier, moins épais, celui-là :

— J'ai ici la preuve que le Dr Betoule et Louis Peyrignac ont fait plusieurs voyages en Suisse jusqu'en 1955. Pouvez-vous nous expliquer pourquoi, si ce n'était pas pour aller chercher de l'argent ?

— Nous rendions visite à Pierre Brouet, un ami rencontré pendant la Résistance, s'exclame Mélanie Betoule.

— Que faisons-nous ? s'écrie Me Garaud. Le procès des victimes ou celui du prévenu ? Nous sortons de l'objet de cette audience.

— Au contraire, nous sommes en plein dedans ! réplique sèchement Me Martinat.

Le président demande le calme et donne de nouveau la parole à l'accusation :

— L'affaire est entendue ! La preuve : les deux balles meurtrières ont été tirées par votre revolver, M. Peyrignac, votre revolver sur lequel on ne trouve que vos empreintes. Comment l'expliquez-vous ? Le hasard encore ? Votre fille s'est accusée, c'est vrai, mais elle n'y est pour rien : nous lui avons demandé de se placer à l'endroit d'où elle avait tiré et elle n'a pas été capable de le retrouver !

Il se tourne vers les juges :

— Que faut-il de plus pour condamner un homme qui s'est absenté de chez lui à quatre heures du matin les nuits des crimes et ne peut nous fournir aucun alibi, et dont l'arme, qui lui appartient, ne porte que ses empreintes ?

— Ce n'est pas une preuve ! lance Martinat. Le criminel portait des gants.

Un lourd silence suit cette remarque.

— Je suis un homme de devoir, s'écrie alors Peyrignac, ma présence sur ce banc est une humiliation.

— Que faisait votre frère au Moulin des Louves ?

— Je n'en sais rien. La veille du crime, j'ai trouvé dans mon agenda une feuille de papier où quelqu'un avait écrit : « L'heure est venue ». Il me semble que c'est dans cette direction qu'il faut chercher le criminel.

— Comment se fait-il que cette feuille de papier n'ait pas été retrouvée pendant la perquisition ?

Cette fois, Peyrignac perd son calme.

— Je l'ignore ! tonne-t-il. Et puis j'ai été suffisamment traîné dans la boue. Désormais, je ne répondrai plus à aucune de vos questions.

Plus personne ne doute de la culpabilité du prévenu. L'avocat de la défense a beau insister sur les parties incomplètes du dossier, il n'est pas écouté.

Les jurés s'isolent pour délibérer pendant que l'assistance va se dégourdir les jambes dans la salle des pas perdus. Furieux, Me Martinat propose à boire à l'accusé, qui refuse. Virginie et Vincent sont restés à leur place. Lorsqu'elle aperçoit Puylieut assis sur son banc, la jeune femme a un mouvement de paupières et lui adresse un sourire.

La salle se remplit de nouveau d'une foule impatiente. Le temps ne passe pas. Le retour des jurés et l'annonce du verdict allégeraient l'air, mais leurs sièges restent vides.

Au bout d'une interminable demi-heure, la séance reprend enfin. Le président réclame le silence et prononce le terrible : « Accusé, levez-vous ! » Peyrignac se dresse, impérial. Aucun jugement ne peut l'atteindre et chacun se sent petit, vulnérable tant il paraît fort.

L'avocat général prend le papier, se tourne vers l'accusé et, dans un silence total, commence à lire les chefs d'accusation, puis conclut :

— À la question : Peyrignac Martial est-il l'assassin de son frère Peyrignac Louis et du Dr Betoule Léon, maire de Maubade, les jurés ont répondu oui.

À ces mots, une clameur monte de l'assistance et de l'extérieur. Les applaudissements couvrent les voix qui crient « À mort ! ». Le président du tribunal tend la main pour obtenir le silence.

— En conséquence, poursuit l'avocat, compte tenu du manque d'aveu du prévenu, les jurés ont condamné l'accusé à la prison à perpétuité.

Un tollé s'élève de l'assistance, aussitôt amplifié par la foule à l'extérieur du tribunal. Les poings tendus, des voix aiguës vocifèrent des menaces contre la justice, ces vendus de juges qui, une fois de plus, sont cléments envers un patron. Un escadron de gendarmerie, jusque-là resté discrètement en retrait, doit se déployer pour faire barrage aux manifestants qui réclament la tête de Peyrignac.

Ces cris de haine blessent le commissaire Puylieut au plus sensible de sa personne, autant de lames qui entrent dans sa chair. Alors, pris d'un élan irréfléchi et irrésistible, il se lève de son banc, bouscule ceux qui sont assis près de lui, monte au prétoire. Son geste est tellement inattendu que l'assistance se tait et le président du tribunal n'a pas l'à-propos de le chasser. Il se place près du condamné qui tourne vers lui un regard interrogateur.

— Je m'appelle Joseph Puylieut, crie-t-il, et sa voix claire sonne au-dessus de la foule comme le clairon d'une charge d'infanterie. J'ai conduit l'enquête des deux assassinats de Maubade. Par ordre supérieur, j'ai dû arrêter M. Peyrignac aujourd'hui condamné. Pourtant, je suis convaincu de son innocence !

Un roulement de houle suit cette déclaration. Vincent Peyrignac lisse sa moustache.

— Je n'ai aucune preuve de ce que je dis. C'est mon intime conviction, mais je voulais l'exprimer.

Vincent, immobile, l'index droit sur le menton, semble ne plus respirer. Martial Peyrignac gonfle sa poitrine. Une voix monte de l'assistance :

— Combien qu'ils t'ont donné, les patrons, pour que tu défendes un des leurs ?

Une acclamation suit cette question. Les gendarmes, qui se sont faufilés jusqu'au prétoire, emmènent Puylieut sous les huées. Le président du tribunal réclame le calme et demande à l'assistance de se retirer. Dehors, les forces de l'ordre s'opposent toujours aux manifestants qui veulent prendre le tribunal d'assaut et faire justice eux-mêmes.

Enfin, quand le gros de la foule est dispersé, au milieu d'une escorte armée, le condamné peut sortir du tribunal par une porte dérobée, monter dans une voiture qui le conduit à la prison. Sur les marches du palais de justice, les mécontents chantent *L'Internationale.*

— Qu'il essaie de s'évader ! crie un jeune homme. Nous serons là pour l'en empêcher puisque les gendarmes ne font pas leur travail et que la justice baisse son pantalon devant la bourgeoisie !

Une ovation accueille cette menace. De nouveau des poings se lèvent, mais personne ne tente de passer à travers le cordon de gendarmes.

Virginie rentre à Maubade dans la voiture de son cousin qui a l'air sombre. Vincent entend encore la voix de Puylieut défendre son oncle. Il a cru jusque-là qu'après le procès cette affaire serait terminée, il a le sentiment qu'elle ne fait que commencer.

La voiture s'éloigne de Tours. Les collines disparaissent dans une brume grise. La nuit tombe sur une Loire silencieuse.

— C'est fini, dit enfin Virginie. Tu te souviens

de ce que tu me disais lorsque tu avais quinze ans ? Te voilà enfin guéri de ton adolescence !

Vincent rêvait de partir très loin, en Amérique, et de vivre là-bas en s'inventant un passé, une véritable famille, lui qui ne connaissait pas le nom de son père.

— Tu gagnes sur toute la ligne, ajoute la jeune femme.

— Tu te trompes, c'est au contraire mon échec que l'on vient de me signifier. Personne ne s'est apitoyé sur le sacrifice de ma pauvre mère. Elle n'avait pas encore l'âge que j'ai aujourd'hui. Au lieu de la tirer des griffes de l'ennemi, ton père a donné l'ordre de faire table rase. Il l'a condamnée à mort, elle innocente, alors que lui, probablement coupable, vient de sauver sa tête.

Virginie se demande si Vincent ne vient pas de lui avouer qu'il est à l'origine de tout cela.

— De toute manière, te voilà comblée, ajoute-t-il. Ton petit commissaire joue aux redresseurs de torts. Qu'attends-tu pour le rejoindre ?

— Je ne t'abandonnerai jamais la Fabrique. Voilà pourquoi je reste à Maubade.

Puylieut rentre chez lui en évitant les groupes épars qui commentent encore le jugement. Il ne regrette pas son intervention spontanée, c'est sa manière à lui de se ranger du côté de Virginie. La remontrance du préfet ne tardera pas ; il risque d'être révoqué, mais cela n'a pas d'importance.

Il arrive chez lui en même temps que l'agent de la préfecture qui lui apporte une convocation.

Une telle promptitude ne peut être que de très mauvais augure. Il suit le préposé jusqu'au bureau du préfet qui laisse éclater sa colère :

— Vous rendez-vous compte de ce que vous avez fait ? Vous avez versé de l'huile sur le feu et l'incendie va nous brûler tous ! tonne-t-il en pointant son index sur le commissaire. Je vois déjà les titres des journaux, demain matin. Les extrémistes des deux bords vont profiter de l'occasion, et qu'allons-nous faire contre ces débordements ? Ne comprenez-vous pas que les gens sont exaspérés : deux crimes ont été commis, ils veulent un coupable et un châtiment exemplaire. Le jugement ne les a pas satisfaits. La prison à vie ! Tout le monde sait que Peyrignac y échappera.

Puylieut fait front :

— Je suis persuadé que M. Peyrignac est innocent, et cela malgré les apparences.

— Monsieur Puylieut, votre fonction exige de votre part beaucoup de retenue. Vous avez pris la défense de cet homme parce qu'il vous en impose.

— L'Administration montre sa faiblesse en se rangeant du côté des agitateurs.

Le préfet ne relève pas l'attaque. Il s'assoit, marque un silence, puis dit sur un ton impératif :

— Je ne vais pas vous faire révoquer, ce serait vous donner raison et relancer une affaire que tout le monde souhaite oublier. Cependant, sachez que vous n'avez plus ma confiance. Je vais faire en sorte que vous n'ayez à vous occuper que des petits délinquants.

Rassuré, Puylieut sort de la préfecture. La

colère du préfet, sa mise en garde montrent la faiblesse des autorités après le non au référendum et le départ du général de Gaulle. Le petit commissaire a eu raison de laisser parler sa conscience, il est bien décidé à désobéir aux ordres et à continuer d'enquêter. « La droite est toujours en place, pense-t-il, mais c'est désormais la gauche qui gouverne parce que la rue lui appartient. »

Le lendemain matin, par un temps gris et frais, une voiture sort de la prison de Tours, encadrée par un escadron de gendarmes à moto. Les badauds, comprenant vite qu'un tel déploiement de force est destiné à protéger Peyrignac, se mettent à hurler des menaces. Des cailloux lancés d'un coin de rue heurtent le véhicule et les motards.

— Qu'est-ce qui se passe ? demande Joseph Puylieut, qui s'est mélangé aux curieux.

— Ils emmènent Peyrignac à Nantes, dit quelqu'un. On veut nous cacher des choses !

— S'ils croient qu'on va se taire, ils se trompent ! crie un excité.

Joseph Puylieut attend quelques jours avant de remonter à Maubade. Il souhaite revoir Virginie qui ne lui a donné aucun signe de vie depuis le procès, mais il espère aussi trouver le détail qui a échappé à ses collègues et relancerait l'enquête.

Un matin, il prend la direction de Maubade, s'arrête au Moulin des Louves, contemple un long moment la rivière. Dans le calme, des chevesnes attendent les insectes, immobiles entre deux eaux. Sur la colline, les machines à bois tournent à plein rendement. Les bruits stridents des scies assourdissent, mais les gens du pays ne les entendent plus.

Puylieut s'arrête chez Marthe, le bistrot qui nargue l'église sur la place principale. Comme midi approche, il commande une omelette. Les ouvriers de la Fabrique sortent, beaucoup s'arrêtent pour boire un verre. Tous les regards se tournent vers le commissaire attablé. Personne n'a oublié son intervention à la fin du procès et sa présence dérange. Grangean s'approche de lui :

— Monsieur le commissaire ! En voilà une surprise ! On ne s'attendait pas à vous revoir de sitôt.

On avait cru l'enquête terminée. Le coupable puni, on pensait pouvoir de nouveau vivre tranquillement.

— Rassurez-vous, je ne suis pas là pour l'affaire. Je me promène, je trouve ce village attachant.

— On a de la chance, poursuit Grangean, qui dépasse tout le monde de sa large tête rouge. M. Vincent Peyrignac a trouvé de l'argent. Nous, ce qu'on veut, c'est travailler et oublier ce mauvais temps. Figurez-vous que nous allons avoir la quatrième semaine de congés payés dès l'été prochain !

Puylieut ne montre pas son incrédulité.

Un petit homme à la casquette enfoncée sur la tête opine, porte le verre à ses lèvres, puis le pose.

— M. Vincent Peyrignac est le meilleur patron qui soit. Toujours prêt à vous écouter, et surtout il ne laisse pas sa cousine lui tondre la laine sur le dos !

— Ah, ça, tu as raison ! reprend un autre.

— Parce qu'il est bien obligé de la garder : c'est elle, la propriétaire, mais il la surveille !

Le bistrot se vide lentement : les ouvriers vont manger chez eux avant de reprendre leur travail. Puylieut, qui a fini son omelette, vide son verre, paie et sort. Le désir de revoir Virginie le fait se diriger vers la Fabrique. Il ne va pas jusqu'aux bâtiments encore déserts, ni à la maison bourgeoise de Peyrignac, dont le fronton orgueilleux dans la lumière nouvelle du printemps rappelle par ses colonnades que l'enfant du pays a eu des rêves de grandeur, que le fils du menuisier Gaudefroi Peyrignac est devenu un bourgeois, un notable, avant sa chute dans le pire des déshonneurs. Puylieut s'arrête à l'entrée du domaine, chez Roger et Marguerite Martin.

— Je passais par là, fait-il. J'ai voulu voir comment on vivait ici en l'absence de M. Peyrignac.

— Ça va ! M. Vincent s'en tire fort bien, répond Roger Martin. Tout le monde en pense le plus grand bien.

— Et Martial Peyrignac ne vous manque pas ?

— Non, il ne me manque pas. Depuis qu'il était patron, il avait pris des manières qui ne sont pas d'ici. À Maubade, on a tous un fusil parce qu'on aime la chasse, mais il ne nous viendrait pas à l'idée de tirer sur quelqu'un ou de le faire assassiner !

— Selon vous, il est vraiment coupable ?

Marguerite Martin se plante devant le jeune homme :

— Qu'est-ce que vous croyez ? fait-elle de sa voix rêche. Ces gens-là se croient tout permis. Roger a fait la guerre comme eux, mais il en est revenu aussi pauvre qu'avant !

Elle fait allusion à la caisse de billets parachutée sur le mont Luret.

— Tais-toi, Marguerite ! dit Roger sur un ton vif.

— Me taire ? Mais il n'y a que toi pour parler comme ça ! Tout ce qui est arrivé, c'est bien fait et ne compte pas sur moi pour plaindre les uns et les autres !

Puylieut s'éloigne en direction de la Fabrique. Il regarde un instant le désordre d'une journée interrompue, bille sur le chariot prête à être débitée en planches, camions chargés au milieu de la cour, outils posés près des tas de bois, vestes oubliées sur des caisses. Il se tourne vivement : Vincent Peyrignac arrive en souriant. Le jeune homme, que l'on voyait si peu du temps de son oncle, est partout à la fois. Puylieut le salue.

— Voilà que vous revenez ! dit le jeune patron. Faudra-t-il que j'en parle à votre hiérarchie qui a fort mal pris votre intervention à la fin du procès en assises ?

— N'ayez crainte ! répond Puylieut. Je passais par là et j'ai seulement voulu vous saluer. On dit beaucoup de bien de vous à Maubade et dans les environs.

— Je fais de mon mieux pour redresser la Fabrique et ce n'est pas une mince affaire. Maintenant, excusez-moi.

Vincent Peyrignac entre dans le bâtiment. Puylieut se dirige lentement vers le portail. Il voit bouger le rideau à une fenêtre de la maison. Son cœur bondit. La fenêtre s'ouvre, Virginie lui fait un signe.

La jeune femme est grave. Son visage porte les marques d'une grande lassitude. Elle a perdu de sa superbe, et sa tenue est négligée. Sa robe est fripée, ses cheveux sont mal coiffés, ses joues sans couleurs.

— Pardonnez-moi de ne pas vous avoir écrit ou téléphoné. Je crois qu'il vaut mieux que vous m'oubliiez.

Ses yeux se sont mouillés. Quand la porte est fermée, elle ajoute :

— Je ne suis pas une femme ordinaire. Je suis incurable.

— Que voulez-vous dire ? J'éprouvais le besoin de vous voir. Voilà pourquoi je suis remonté à Maubade.

Virginie s'exclame en haussant le ton :

— Mais vous ne comprenez pas que je suis aussi malade que ma sœur ? Elle s'est accusée de deux crimes atroces ; moi, je dépense tout l'argent qui me passe dans les mains. Ma maison de Tours s'est évaporée en bijoux et chaussures, en babioles. Le sang Peyrignac est maudit !

— Non, Virginie, vous n'êtes pas incurable comme vous le prétendez, répond Puylieut d'une voix douce. Vous avez dépensé l'argent que vous aviez, maintenant que vous n'avez plus rien, vous allez bien être obligée de vous retenir.

— Vous ne me connaissez pas !

— Comment ça se passe avec votre cousin ?

— Il me fait surveiller et il a raison, avoue Virginie.

— Partez d'ici. Vous vous complaisez dans votre prison !

— Non, répond la jeune femme. Jamais je ne laisserai la Fabrique à Vincent.

Joseph Puylieut quitte Maubade en proie à un profond désarroi. Virginie a su mettre les formes, mais lui a clairement indiqué son intention. Du feu brûle sous son crâne. Il voudrait avoir une mère, un père, quelqu'un de proche pour demander du secours, pour entendre des paroles sensées et se raisonner. Mais il est seul face à cet amour inattendu, le premier, le seul de sa vie, qui le conduit vers l'abîme.

Il rend visite aux Langlaget, comme chaque fois qu'il est malheureux. Les deux vieillards lui font la fête. Leur présence affectueuse le réconforte. Ils le retiennent à dîner, puis il rentre chez lui. Le ciel s'est assombri, une bruine froide lui fait presser le pas.

Le silence de son appartement sonne en un bourdon obsédant. Que fait Virginie à cette heure ? Est-elle seule ou en compagnie de Vincent ? Cette pensée lui arrache une grimace de dépit.

Il sort, marche au hasard dans les rues. Une poussière de pluie mouille son front brûlant. Il va sans voir les passants, poussé par une envie de fuite, celle de l'animal prisonnier qui tourne dans sa cage.

Au bord de la Loire, une idée lui fait oublier un instant son désespoir : « Celui qui a tué au Moulin des Louves a dû remonter à la Fabrique pour poser le revolver et n'a pas suivi la route où tout le monde l'aurait vu. » Pourquoi y pense-t-il à cette heure ? Pour avoir une bonne raison de revenir à Maubade ? Insensible à la pluie qui s'est intensifiée, il revient sur ses pas et enfourche sa moto.

Au Moulin des Louves, il regarde en direction de la Fabrique, silencieuse à cette heure. La pluie s'est arrêtée. Au-dessus de la rivière montent des fumerolles lumineuses qui s'épanouissent dans la nuit en fleurs mouvantes.

Il dissimule sa moto, puis continue à pied à travers la colline. Il longe la clôture avec l'intention de l'escalader à un endroit discret : un grillage d'environ deux mètres de haut soutenu par des piquets en fer. Un chien se met à aboyer puis se tait. Puylieut devine le grand bâtiment de l'usine au centre et, à côté, les réserves de bois, les scieries, la salle des machines où deux gros moteurs diesels ont remplacé l'antique machine à vapeur. La maison de maître est éclairée. Que fait Virginie ?

Il arrive à un endroit presque abrupt où il progresse difficilement. À contre-jour, il constate que le grillage est défoncé et pense que c'est le passage d'un gros animal, quand il découvre à la lueur de sa lampe que les fils ont été sectionnés avec une pince. « Qu'est-ce que je disais ? » Il se faufile dans la trouée et se trouve près du bâtiment central, bien abrité des regards par des billes et des planches mises à sécher sous des tôles. Le sentier très nettement marqué à l'extérieur est, à cet endroit, à peine visible ; pourtant, l'état du sol piétiné indique que le passage a été régulièrement emprunté. Puylieut imagine mal Martial Peyrignac se faufilant entre les ronces comme un voleur pour aller commettre un crime. Alors qui est passé par ce chemin discret ?

Il constate aussi qu'il est possible de contourner la Fabrique sans être vu, ni du grand bureau, ni de la maison des maîtres perchée sur son mamelon. C'est la preuve que le meurtrier a pu, en toute tranquillité, voler l'arme de Peyrignac, tuer à deux reprises et la replacer. Cela, les enquêteurs n'ont pas pris la peine de le chercher tant ils étaient persuadés de la culpabilité du patron.

Le commissaire reste un long moment pensif, tourné vers la maison dont il aperçoit le toit et le premier étage. Il contourne les tas de bois, se faufile le long du bâtiment. La lumière éclaire le salon dans lequel Virginie l'a reçu.

Assise en retrait dans un fauteuil, la jeune femme parle à Vincent, debout près de la fenêtre. La conversation est animée ; Vincent ponctue son propos de vifs mouvements des mains. Résolue, Virginie lui fait face. Que se disent-ils ?

Puylieut ne bouge pas malgré la pluie qui s'est remise à tomber, espérant percer un secret, mais la discussion se calme. Vincent embrasse sa cousine sur les deux joues et s'en va. Virginie, seule dans le fauteuil, s'essuie les yeux avec son mouchoir. Pourquoi pleure-t-elle ?

Puylieut a envie de la rejoindre, puis pense que ce serait lui montrer une faiblesse qu'elle ne lui pardonnerait pas.

Quelques jours passent. Joseph Puylieut espère un miracle. Virginie pourrait lui rendre visite, lui téléphoner ou lui écrire. Pour forcer le destin, il continue de s'occuper de l'affaire Peyrignac à la recherche du rebondissement qui le mettrait en avant. Il ne cesse de passer en revue chaque détail de sa trop courte enquête, il en perd le sommeil et oublie de s'acheter à manger. Ce soir, il devra se contenter d'un morceau de pain dur et de fromage. Cela n'a pas d'importance, un fond de bouteille de vin donnera de l'agrément à ce modeste en-cas.

On frappe. Puylieut n'attend personne et se demande, le cœur battant, qui peut bien avoir besoin de lui à cette heure. Il va ouvrir, son cœur bondit.

— Voilà, dit Virginie en montrant son sac. Vincent a gagné !

— Qu'est-ce qui s'est passé ?

— Je n'en peux plus. Je ne veux plus entendre parler de Maubade et de la Fabrique. Pardonnez-moi d'être venue frapper à votre porte. C'est la première pensée qui m'est venue à l'esprit.

— Entrez !

Virginie pose son sac. La lampe du plafond éclaire son beau visage qui se contracte ; ses mains bougent en ailes de papillon.

— Connaissez-vous un hôtel pas cher où je pourrais passer la nuit ? Demain sera un autre jour.

— J'étais en train de faire l'inventaire de mes modestes provisions, indique Puylieut. Un morceau de pain dur, du fromage et un fond de bouteille de vin.

Virginie s'assoit dans l'unique fauteuil de l'appartement.

— J'ai appris que ma sœur faisait de grands progrès, qu'elle pourrait bientôt sortir de l'hôpital.

— C'est heureux. Je me réjouis aussi que vous ayez compris qu'en tant qu'héritières de la Fabrique vous devez être solidaires. Vincent court à la catastrophe.

— Je n'ai rien signé. Je veux tourner la page, oublier les deux meurtres et repartir à zéro.

Puylieut pense à la clôture sectionnée au-dessus du Moulin des Louves, mais n'en dit rien. Il se tourne vers la fenêtre. La nuit est sombre. La faible lampe au plafond éclaire les objets en leur donnant ce volume inhabituel du soir.

Virginie tend la main vers le jeune homme.

— Pardonnez-moi de vous déranger à cette heure, dit-elle avec un léger sourire.

Puylieut murmure d'une voix qui ne cache pas son trouble :

— Votre présence est un miracle que je n'osais pas espérer. Vous et moi sommes deux morceaux de bois que le courant emporte sans jamais pouvoir s'arrêter.

— Je dois aussi vous avouer que vous avez chamboulé mes pensées et bousculé un ordre que je croyais définitif pour moi, ajoute-t-elle.

Elle pose ses lèvres sur le front du jeune homme, qui ne résiste pas à son élan. Ils restent longtemps ainsi, l'un près de l'autre, sans bouger, retenant leur respiration.

— Allons dîner ! souffle-t-il enfin à l'oreille de la jeune femme.

Ils se contentent des modestes restes du commissaire, puis Virginie prend l'initiative. Son expérience de la vie et des hommes la place au-dessus du petit garçon timide que Puylieut est resté. Elle éteint la lumière et attire le jeune homme sur le lit dans un coin de la pièce. Il se laisse faire sans la moindre honte. Il cesse d'être rejeté, il découvre que le fossé qui le sépare des femmes peut se combler. Ce qu'il a cru impossible devient naturel. Le désir monte en lui, vague puissante qui l'emporte vers un ailleurs merveilleux. Tant pis si sa vie bascule, il n'a vécu que pour cet instant et a trop attendu pour ne pas en accepter les risques !

— Nous ne nous quitterons plus, murmure Puylieut comme pour conjurer un pressentiment.

Virginie s'endort au petit matin. Joseph Puylieut est trop euphorique pour se reposer. Il a le sentiment d'avoir mué, la larve est devenue insecte adulte, ses ailes toutes neuves l'emportent dans un espace tant de fois imaginé. Il est libéré des chapes qui le maintenaient prisonnier de lui-même. La vie s'offre à lui, facile, merveilleuse. Et tout ceci, c'est cette femme endormie qui le lui a donné.

Il se souvient qu'il doit aller dans les parages d'Azay-le-Rideau à la suite d'une plainte pour plusieurs vols que les gendarmes locaux n'ont pu élucider. Il s'habille en faisant bien attention de ne pas déranger Virginie, dont le visage endormi, posé sur l'oreiller, ressemble à celui d'un enfant. Il prend une feuille de papier et écrit : « Je pars pour la journée. Une enquête. Je reviendrai le plus vite possible. À ce soir, j'ai hâte de te retrouver. »

Il sort, ferme délicatement la porte. Dans la rue, il regarde autour de lui, les maisons, les passants, tout ce paysage habituel dont il découvre tout à coup le charme. Il part, léger de cet amour qui le comble.

L'air est vif. Le ciel gris laisse passer peu de lumière. L'automne approche. Euphorique, Puylieut n'écoute pas ses interlocuteurs, se surprend à sourire sans raison. Les deux gendarmes qui l'accompagnent se demandent s'il n'est pas ivre. Ils n'ont jamais vu le commissaire, d'ordinaire sérieux et peu loquace, aussi exubérant et s'amusant d'un rien.

Il rentre en milieu d'après-midi. À mesure qu'il s'approche de Tours, son cœur s'emballe.

Il court jusqu'à son appartement. La porte s'ouvre sur un silence qui le surprend. Plusieurs paquets sont posés en évidence sur la table. Virginie, assise dans le fauteuil, sanglote. Elle tourne vers lui ses yeux mouillés.

— Je t'avais dit qu'il fallait m'oublier. Je suis une pauvre fille !

— Mais pourquoi parles-tu comme ça ?

Elle désigne les paquets d'un geste imprécis.

— C'était plus fort que moi. Il a fallu que j'aille faire les boutiques. Je suis possédée !

— Tu as fait des dettes ?

Elle acquiesce de la tête, se mouche.

— Quand ça me prend, l'air me manque pour respirer. J'ai un démon en moi.

— Ce n'est pas grave ! Cesse de pleurer. Je vais aller chercher à manger. Nous dînerons tranquillement et nous arrangerons cela demain.

— Mais comment l'arranger ? Je n'ai pas un sou et je suppose que tu n'es pas très riche...

— T'occupe pas. J'ai de l'argent, une belle somme dans un coffre.

Virginie sèche ses larmes, mais reste grave. Puylieut va acheter de quoi manger, du pain, un peu de viande et des pommes de terre. Il revient en sifflotant et se met à la cuisine.

— Je vais t'aider, dit Virginie.

Ils se couchent tard. La nuit est épaisse, pourtant de la fenêtre vient une lueur pâle qui révèle les contours du visage de la jeune femme. Pour ce visage, pour ne plus y voir couler des larmes, Puylieut est capable de toutes les forfaitures.

Le lendemain, il va à son bureau et passe son temps à plaisanter. Ses collègues s'étonnent d'une telle transformation et lui posent des questions auxquelles il répond en prenant des airs entendus. Le commissaire principal demande à un de ses collègues de le surveiller discrètement. Il le soupçonne de poursuivre l'enquête sur l'affaire Peyrignac et ne voudrait surtout pas donner au préfet l'occasion de lui faire le moindre reproche.

— Dans l'état où il est, c'est certainement qu'il a trouvé quelque chose. Imagine qu'il ait l'idée d'en parler aux journaux, tu vois le scandale !

En début d'après-midi, Puylieut se rend dans les parages de la maison des Langlaget. Il voit le vieil homme très strict donnant le bras à sa femme emmitouflée dans un gros manteau noir sortir du jardinet. Puylieut a dans sa poche la feuille de papier sur laquelle est écrit le code d'ouverture du coffre. Il ne pense pas à la laideur de son geste. Il ne pense qu'à Virginie qui doit éponger sa dette. L'argent qu'il va voler n'est d'aucune utilité à ceux qui le possèdent, c'est la part qui lui est promise. Et puis, Langlaget se souvient-il exactement du montant total de sa fortune ? Il ne s'apercevra même pas du larcin.

Puylieut se dirige vers la petite entrée jamais fermée à clef, porte par laquelle passe la femme de ménage. Il sait qu'à cette heure la maison est déserte. La pensée du corps de Virginie minimise la portée de son acte. Il entre, le cœur battant, conscient que peu de choses séparent le gendarme du voleur.

Il pousse le rayonnage de la bibliothèque ; le coffre est là. Les chiffres inscrits sur la feuille de papier affichés, la porte s'ouvre. Puylieut recule vivement : le coffre est vide !

Il se met à trembler. Des voleurs ont-ils fait main basse sur le magot ou Langlaget, poussé par une lubie de vieillard, a-t-il conservé les numéros d'ouverture sur une autre feuille et déplacé son trésor ? Puylieut sort, oubliant de repousser le rayonnage de livres, passe d'une pièce à l'autre, renverse une chaise qui fait un bruit considérable, ouvre des tiroirs, quand une porte claque. Il tend l'oreille. Quelqu'un est entré, à moins que ce ne soit un courant d'air. Il dévale l'escalier. Un vase se brise sur le carrelage. Qui parle à l'extérieur ? Dans le jardinet, il jette un regard circulaire et s'enfuit à toutes jambes, sans précaution. Il arrive chez lui en sueur, tremblant, le visage blême, enfin conscient de ce qu'il vient de faire. Virginie le regarde, étonnée.

— Joseph, que se passe-t-il ?

Il se laisse tomber dans le fauteuil, reprend son souffle, puis va à la fenêtre.

— Ils vont venir ! Je te dis qu'ils vont venir ! Nous devons fuir !

— Mais qu'est-ce qui se passe ?

— Je suis un misérable. J'ai déshonoré ma profession. Il faut fuir !

Il ouvre l'armoire, fouille entre les piles de vêtements, trouve enfin un vieux portefeuille décousu aux coins. Il l'ouvre devant Virginie, montre quelques billets de banque.

— C'est tout ce que j'ai. Viens, on s'en va !

Ils n'en ont pas le temps. Massés devant la porte de l'immeuble, six gendarmes les attendent. Le brigadier Leblanc est grave.

— Puylieut Joseph, dit-il, je vous arrête pour

tentative de vol avec effraction dans la demeure de M. Langlaget.

Puylieut veut parlementer et nier les faits puisqu'il n'a rien volé.

— Un collègue vous a suivi et a tout vu.

Puylieut sait qu'il n'est pas fait pour le bonheur, mais jamais il n'aurait pensé descendre aussi bas.

Il pleut toujours, des nuages gris courent sur la Loire aux flots couleur d'ardoise. Virginie est conduite au poste de police dans un petit bureau où un énorme policier lui donne du « Mademoiselle Peyrignac » à chaque instant. Sa large tête moite de sueur légèrement inclinée sur la droite, il regarde la jeune femme de ses petits yeux pleins de malice. La fille du patron condamné n'a pas perdu son temps ! Les journaux l'ont présentée comme une dépensière incurable, à l'origine de la ruine de son père et peut-être des deux crimes de Maubade, et voilà qu'elle entraîne dans son vice ce pauvre Puylieut qui est un bon collègue.

— Bien, fait l'homme, je vais prendre votre déposition. Vous allez me raconter tout ce qui s'est passé et les raisons de votre présence au logement du commissaire Puylieut.

— Je ne veux plus vivre à la Fabrique, je veux changer de vie. Je ne savais pas où aller, alors j'ai demandé asile à M. Puylieut qui a toujours été très bon avec moi.

— C'est ça ! Et vous l'avez poussé à voler pour payer vos achats inconsidérés !

Virginie secoue la tête puis précise :

— Je suis responsable de tout. C'est vrai que sans ma folie dépensière, Joseph n'aurait rien fait de mal.

Le policier lui fait raconter son départ précipité de la Fabrique, où elle s'est heurtée une fois de trop à son cousin, son arrivée chez Puylieut. Elle insiste une nouvelle fois sur sa faute.

— M. Puylieut n'est pour rien dans tout ça ! Vous n'allez pas lui causer des ennuis, j'espère ?

— Il se peut que si !

Une fois sa déposition signée, le policier la conduit dans une pièce à la porte grillagée. Un panneau de bois fixé au mur sert de siège ; deux couvertures pliées indiquent qu'il peut aussi servir de lit quand la détention se prolonge.

— Qu'allez-vous faire de moi ?

— Vous allez rester ici quelque temps, ensuite nous aviserons.

Les heures se mettent à passer, ponctuées par les bruits du grand bâtiment, les voix des policiers, les grincements des portes métalliques. Elle ne peut détacher ses pensées de l'épaisse stature de son père lors du procès en assises.

Des pas se rapprochent. Deux policiers arrivent, la clef tourne dans la serrure avec son bruit amplifié par le couloir vide.

— Mademoiselle Peyrignac, suivez-nous.

Au bout du couloir, elle voit Vincent qui l'attend, l'air grave. Depuis qu'il dirige la Fabrique, il porte une cravate et un complet sombre qui le vieillit, mais donne aussi du sérieux à sa silhouette.

Il ne dit pas un mot jusqu'à la porte. Là, il s'efface devant Virginie, lui indiquant de sortir. La nuit n'est pas sombre. Ils marchent en silence sur le trottoir désert, puis Vincent s'arrête à la hauteur de sa voiture et ouvre la portière.

— J'ai tout arrangé. Les commerçants se sont montrés compréhensifs et j'ai restitué tes achats. On n'en parle plus.

Virginie recule d'un pas.

— Je ne veux pas retourner à la Fabrique.

— Ah bon ? Et où vas-tu passer la nuit ?

— Cela n'a pas d'importance.

Elle s'éloigne vivement, traverse la rue et s'engage sur le pont au-dessus de la Loire. L'eau reflète les lumières des lampadaires en taches vivantes. Vincent court vers elle.

— Voyons, Virginie, ce n'est pas le moment de se donner en spectacle. Ta place est à la maison.

— Non !

Vincent Peyrignac porte sa main droite aux cornes de sa moustache puis au nœud de sa cravate qui l'étrangle. Il semble manquer d'air.

— Je ne retournerai jamais à la Fabrique, insiste Virginie.

— Comme tu veux.

La portière de sa voiture claque dans le silence de la nuit et le moteur se met à rugir, exprimant une colère qui n'a pas de nom.

Seule, Virginie regarde longuement la rue qui monte vers le carrefour où le feu est rouge. Elle parcourt des yeux la façade des immeubles. Les fenêtres dessinent sur la nuit les carrés réguliers de lumière chaude, des silhouettes passent et repassent. La vie paisible occupe ces appartements anonymes. Des gens simples vivent là sans se poser de questions. Ils se préparent à dîner en famille...

Un groupe de jeunes gens traverse le pont en bavardant et en gesticulant. L'un d'eux s'arrête pour la dévisager. Virginie s'enfuit en marchant très vite. Elle retourne au vieux quartier de la ville, retrouve la petite rue Matthieu. Elle hésite avant d'entrer dans l'immeuble de Puylieut. Sur le palier, une porte est restée entrouverte. Dans leur précipitation, les policiers ou Vincent, revenus chercher les paquets, ont oublié de fermer à clef. C'est une aubaine.

Elle s'allonge sur le lit où elle a passé deux nuits avec Puylieut et reste longtemps les yeux ouverts dans le noir, puis s'endort. Au jour, elle se réveille, étonnée de se sentir si calme. Le soleil revenu éclaire le petit studio d'une lumière vivifiante. Elle fait une rapide toilette et sort. La fraîcheur de l'air sur son visage lui fait du bien. Les trottoirs sont peuplés de gens pressés qui se rendent à leur travail.

Virginie passe au commissariat de police et demande des nouvelles de Joseph Puylieut. Il va bien, mais restera en détention jusqu'à ce qu'une commission de discipline ait statué sur son sort.

Elle s'arrête à un café, demande un chocolat chaud et des croissants. Manger lui remet les idées en place : l'appartement de Puylieut ne restera pas longtemps à sa disposition puisqu'elle n'a pas de quoi en assumer le loyer. Le peu d'argent qui lui reste sera vite dépensé. Pour la première fois, ces pièces de monnaie, ces billets sont destinés à assurer le quotidien, elle en comprend l'importance.

Alors, elle pense à sa tante, Martine Monty, une sœur de sa mère, tenue à l'écart de la famille par Martial Peyrignac qui la considérait comme une incapable.

Elle ne l'a pas souvent vue. Quand tout allait bien, personne ne se préoccupait de cette couturière qui complétait ses maigres revenus en faisant du repassage à domicile.

Virginie se rend à la petite maison dont elle garde un vague souvenir. Les volets sont ouverts, le jardinet entretenu. Elle appuie sur le bouton de la sonnette. Une vieille femme échevelée, le visage fripé, les yeux larmoyants, sort. En arrivant au portail, son regard s'éclaire.

— Mais c'est Virginie ! Je me trompe pas !

Martine ouvre le portail et embrasse sa nièce sur les deux joues. Elle l'invite à la suivre à l'intérieur où règne une forte odeur de pipi de chat et de linge souillé.

— Ce n'est pas très propre ici, je suis toute seule avec Ronron qui est tout aussi vieux que moi et n'a plus la force de sortir pour faire ses besoins.

Elle désigne de sa main noueuse un très gros chat qui dort enroulé sur un coussin posé dans un coin. Elle tire une chaise de la table et fait signe à Virginie de s'asseoir.

— Que me vaut une visite aussi inattendue ? J'ai lu les journaux. Ton père est en prison ? C'est une bonne chose que j'aurai vue avant de mourir !

La vieille va au placard, sort une bouteille de porto et deux verres blancs de poussière.

— Ton père, je te le dis franchement, c'est le pire des hommes ! Et toi, qu'est-ce que tu deviens ?

— Rien. Je vais chercher du travail. La Fabrique est condamnée.

— Je te crois. Ce Vincent a beaucoup d'idées derrière la tête. D'après ce que je sais, il a bien su profiter de la situation. Et ta sœur ?

Le visage de Virginie s'assombrit.

— Elle est à l'hôpital.

— Tu veux dire qu'elle est malade ?

— Oui, mais c'est l'hôpital psychiatrique.

Martine se penche sur la jeune femme et lui souffle son haleine fétide :

— Tu veux dire chez les fous ? Alors elle est perdue ! C'est qui qui s'en occupe maintenant qu'elle n'a plus de père ?

— C'est moi, je suis sa tutrice.

Martine se verse un deuxième verre de porto qu'elle vide d'un trait.

— Ne crois pas que je sois devenue ivrogne par bêtise. Il m'arrive de boire parce que j'ai mal. Tu comprends, j'ai mal !

— Tu as mal ?

— Oui. Vous à la Fabrique, vous regardiez le monde de haut. Mais moi, il a fallu que je travaille toute ma vie. Et j'en ai récolté une maladie de l'estomac, parce que ce que je mangeais n'était pas toujours très frais.

— Chacun a sa part de malheur, dit Virginie.

— Oui, mais les parts ne sont pas égales pour tous. Moi, je sais que je vais crever, ce qui n'est pas grave, cette vie ne m'a donné que des peines, mais j'ai peur d'avoir mal, d'être en enfer avant de mourir.

D'évoquer ses douleurs a réveillé l'estomac de Martine qui se plie en deux en grimaçant. Elle reste un instant ainsi, recroquevillée, poussant des cris aigus :

— Et qu'est-ce qui me vaut le plaisir de ta visite ?

Virgine baisse la tête. Pour quelle raison est-elle venue chez cette tante qu'elle connaît à peine ?

— Ma tante, il faut que je parte.

— Comme tu veux, je n'ai jamais compté sur les Peyrignac pour survivre !

Virginie passe la nuit dans un hôtel bon marché. Le délabrement de sa tante l'oppresse. Elle y voit son propre devenir loin de Maubade. A-t-elle eu raison de s'enfuir ?

Après une rapide toilette, elle cherche dans sa petite valise de quoi se vêtir correctement, mais constate qu'elle n'a pas grand-chose.

— On fera avec, dit-elle en se regardant dans la glace.

Elle vient de prendre une décision dont elle ne mesure pas la portée, mais la misère de la tante Martine la pousse dans ce sens. Elle descend et demande à téléphoner.

— Je voudrais parler à M. Mercin. Oui, Claude Mercin. De la part de Virginie Peyrignac.

D'une voix grave, Claude Mercin, patron des Meubles Tourangeaux, à Amboise, le concurrent direct de la Fabrique, la salue. C'était l'ennemi, celui dont on ne prononçait pas le nom à Maubade. Martial Peyrignac détestait ce faiseur de meubles en carton qui trompait son monde et lui prenait ses clients. Sur le terrain, les représentants des deux entreprises se livraient une guerre acharnée qui, depuis quelque temps, tournait à l'avantage de Mercin. Les jeunes désargentés du baby-boom se retrouvent en ville dans des appartements de petite taille où le mobilier traditionnel n'a plus sa place. Mercin l'a compris et propose une gamme de meubles à bas prix, faciles à remplacer quand ils ne plaisent plus. Sur ce principe tant contesté par le patron de la Fabrique, il a bâti sa fortune et son affaire ne cesse de progresser.

— Mademoiselle Peyrignac ! Quelle surprise ! Que puis-je pour vous ?

Virginie hésite. Elle connaît Claude Mercin pour l'avoir croisé à plusieurs reprises chez des gros clients. La quarantaine, assez rond, brun, la peau claire, les yeux bleus, il parle posément, ne disant que l'essentiel. Ouvert sur le monde, ce n'est pas un homme de bureau comme Peyrignac qui ne quittait pas la colline de Maubade, il visite ses clients, analyse les marchés et cherche constamment de nouveaux débouchés. Vêtu avec élégance, ce patron d'un genre nouveau n'a pas d'a priori, ce qui lui fait flairer les tendances avant les autres.

— Voilà, je souhaiterais vous rencontrer, dit Virginie.

Mercin n'ignore rien des événements de Maubade et de la condamnation de son concurrent. Cet appel est une aubaine.

— Vous êtes à Tours ? Parfait, je vous rejoins en fin de matinée.

Quand elle repose le combiné, Virginie se dit qu'elle vient probablement de commettre la pire des trahisons. Claude Mercin n'a pas la réputation d'être un philanthrope. Dur en affaires, il ne se déplace pas sans raison. Mais la jeune femme n'a plus rien à perdre et a décidé de se battre.

Une heure plus tard, Claude Mercin arrive devant la cathédrale. Il gare son imposante voiture, traverse la place en direction du café où Virginie lui a donné rendez-vous. Assise à une petite table sur la terrasse, la jeune femme le voit sortir de son véhicule, marcher vers elle. Il lève enfin ses yeux bleus dans sa direction et la reconnaît. Il s'approche avec son meilleur sourire.

— Mademoiselle Peyrignac ! Vous m'avez appelé, me voici !

À la tête des services commerciaux, Virginie n'a pas été aussi mauvaise que le syndicat le prétend. Son physique, son sens du contact lui ont ouvert beaucoup de portes et lui ont rapporté parfois des contrats qui, sans son charme, auraient échappé aux meubles Peyrignac. Elle a surtout été freinée par l'obstination de son père à ne vouloir rien changer à la production. Cela, Mercin ne l'ignore pas.

Il s'assoit en face d'elle avec l'aisance des hommes à l'aise partout. Ellc se sent ridicule avec sa petite valise posée à côté de sa chaise sur laquelle le regard de l'homme s'est arrêté.

— Voilà, dit-elle sans détour. Vous n'ignorez pas ma situation. Mon cousin a repris la Fabrique grâce à des subventions et m'a poussée dehors.

Cette manière directe de parler plaît au jeune patron qui la regarde avec intensité. Ses yeux d'un bleu limpide ne laissent paraître aucune de ses intentions.

— Et vous avez pensé que je pouvais faire quelque chose. C'est une bonne démarche, mais nos clients comprendraient-ils ?

Virginie sait exactement ce qu'elle attend de Mercin. Aussi, pressée d'en finir, va-t-elle droit au but :

— Je vous ai appelé comme quelqu'un qui va se noyer et ne sait plus à quoi se rattraper. Vous connaissez mes défauts, ma maladie de dépenser. J'ai une très mauvaise réputation. Pourtant, vous êtes venu. Je sais que vous n'avez pas l'habitude de perdre votre temps.

— La Fabrique vous appartient, à vous et à votre sœur. Votre cousin joue les fiers-à-bras en démarchant de nouveaux emprunts auprès des banques. Le préfet veut l'aider en espérant que la conjoncture lui permettra d'équilibrer les comptes, mais le droit n'est pas de leur côté. Je vous propose donc de racheter la Fabrique...

— Mais mon cousin...

— Votre cousin est en train de s'approprier ce qui ne lui appartient pas. Il est en train de constituer une société pour vous évincer en ne laissant qu'une coquille vide. Ce qu'il fait est illégal. On ferme les yeux pour sauver des emplois, mais les banques vont vite se lasser. Je vous propose donc que nous nous associions pour relancer la Fabrique. Tout sera fait dans la plus grande transparence.

Claude Mercin règle la consommation et se lève de sa chaise. Comme midi approche, il invite Virginie à déjeuner dans le meilleur restaurant de la ville.

— Je vous assure que vous avez eu le bon réflexe de me téléphoner.

Virginie se tait. L'homme en face d'elle se dévoile lentement. Un loup. Il n'a pas pour elle le regard des autres hommes. Il ne voit que l'affaire convoitée et insiste :

— Votre cousin m'insupporte. Je n'aime pas les bluffeurs.

— Vincent est un pauvre garçon, répond Virginie.

Elle revit les difficiles moments de sa tentative de diriger la Fabrique, les protestations des ouvriers, le refus des banques de lui prêter de l'argent... Cela aussi Mercin ne l'ignore pas :

— Vincent Peyrignac a tout manigancé pour vous exclure. Mais il reste la loi.

— Les employés ne seront pas d'accord.

— Les employés sont toujours d'accord quand on sait leur parler. Vous devez obtenir de votre père, compte tenu de sa situation, le don en héritage du bien dont la moitié revient à votre sœur. Nous reprendrons la Fabrique et la relancerons sur des bases saines. Tout est en place pour fonctionner, l'équipe de représentants et la bonne image de l'usine Peyrignac auprès des gros clients.

— Ma sœur... reprend Virginie dans un souffle comme si elle venait tout à coup de penser à Élisabeth. Je ne sais pas si...

— Vous êtes sa tutrice, il me semble. La première chose à faire, c'est de rendre visite à votre père. Il est actuellement à la prison de Nantes. Si vous êtes d'accord, nous partirons après déjeuner. Les bonnes affaires n'attendent pas.

— Comment savez-vous tout cela ?

— Je m'informe, précise Mercin. Un patron doit tout savoir de ses concurrents. Êtes-vous d'accord ?

Virginie n'a pas le choix. Ce que lui propose Mercin lui convient puisque cela éloigne le spectre de la misère.

— Je suis prête, fait-elle, déterminée.

Elle prend sa valise.

— Ce soir, tout sera réglé, dit Mercin en ouvrant la portière de sa voiture. Au moins nous aurons fait l'essentiel. Notre collaboration s'annonce des plus fructueuses !

Le voyage dure deux longues heures. Virginie et Claude Mercin n'échangent que peu de mots. La jeune femme regarde défiler le paysage de Loire, comme étrangère à ce monde d'où la voiture l'isole. Elle redoute l'entrevue avec son père car elle a conscience de ne pas l'avoir soutenu et de s'être trop vite habituée à son absence.

— Et si j'échoue ? Si mon père refuse ?

— Il ne refusera pas puisqu'il n'a pas d'autres solutions.

La conversation s'arrête là. Virginie voudrait pourtant parler, se rapprocher de cet homme déterminé, si peu loquace sur lui-même. Elle l'observe discrètement. À quoi pense-il, à ses affaires, à une femme ?

— Vous savez tout de moi et je ne sais rien de vous, sinon la réputation que vous vous êtes faite de patron inflexible.

— Il n'y a pas grand-chose à savoir. Ma vie est celle de tout le monde, sauf que je dirige deux cents personnes. Ma préoccupation est de leur donner du travail pour que je puisse les payer. Le dimanche, pendant qu'ils vont à la pêche, moi, je reste au bureau et je travaille.

— Vous êtes marié ?

— Oui, et père de petites jumelles.

Ils arrivent à Nantes vers cinq heures de l'après-midi. Le vent souffle. Claude Mercin n'a pas à demander la prison, il arrête sa voiture devant l'entrée.

— J'espère que ce n'est pas trop tard.

Il s'approche du planton près de la porte où sont filtrés les visiteurs. Virginie a du mal à le suivre.

— Il nous reste une demi-heure. Faites vite. Je vous attends ici.

Virginie se présente et demande à parler à son père, Martial Peyrignac. Le fonctionnaire l'invite à l'accompagner dans une suite de couloirs où les bruits s'amplifient comme dans une cathédrale. Il la fait entrer dans une salle coupée en deux par une haute grille. Une femme parle avec un détenu, la tête posée sur les barres de fer qui les séparent. Jamais Virginie n'avait imaginé se trouver un jour dans une telle situation.

L'attente dure de longues minutes. Son cœur bat très fort. Elle redoute le regard de son père. Maintenant qu'elle est là, tout proche de lui, elle perd ses moyens et a le sentiment de vouloir lui prendre la seule chose qui lui reste, d'être un de ces charognards qui s'acharnent sur un cadavre.

À côté, la femme passe la main entre les barreaux, caresse la joue de l'homme et s'éloigne. Des pas résonnent de l'autre côté, un policier arrive. Virginie blêmit. Celui qui s'avance a les cheveux et la barbe entièrement blancs. Cela donne à son large visage une force nouvelle, une détermination que même l'âge ne peut altérer. Tremblante, Virginie se tasse sur son siège. Elle voudrait s'enfuir, ne plus jamais revoir cet homme aimé et détesté.

— Papa...

Elle est redevenue la petite fille qui venait frotter son museau à ses favoris après la guerre, quand Peyrignac passait une partie de ses nuits dans son bureau à mettre au point ses gammes de meubles qui allaient assurer, dans un premier temps, la fortune de la Fabrique.

Il s'approche, mais n'a pas le réflexe comme les autres condamnés de prendre les barreaux à pleines mains. Il s'arrête, légèrement en retrait. Son regard fixe reste posé sur Virginie qui sent, sans pouvoir les retenir, les larmes rouler sur ses joues. Le silence de son père l'écrase, la réduit en une sorte d'insecte nuisible que l'on a envie d'écraser du bout de la chaussure.

— Papa... répéte-t-elle.

— Que se passe-t-il ?

Sa voix n'a pas changé, elle est toujours aussi posée, aussi puissante. Virginie se lève de sa chaise, prend les barreaux à pleines mains comme pour les écarter et rejoindre celui qui n'a pas bronché.

— Que me veux-tu ?

— Te voir. Savoir que tu es vivant et te dire que je me battrai pour toi.

— Pourquoi tu mens ? Ma condamnation t'arrange, comme elle arrange tout le monde.

Le patron, qui ne parlait pas à la Fabrique, semble tout à coup éprouver le besoin de se vider des mots qu'il n'a pas prononcés au cours du procès.

— D'ailleurs, je suis coupable, tout va dans ce sens, commence-t-il. Tout le monde le croit, alors, restons-en là !

Elle inspire profondément. Il ajoute :

— Sache que je pense que les victimes n'ont eu que ce qu'elles méritaient.

Il se tait, se tourne vers le policier qui attend près de la porte et s'approche enfin des barreaux.

— La vérité, je vais te la dire. Betoule a eu une aventure avec ma sœur. C'était avant la guerre. Vincent est né. Betoule a toujours refusé de le reconnaître, mais Vincent, qui écoutait aux portes, l'a appris et lui en voulait à mort.

Virginie ne peut cacher sa surprise. Vincent, le fils du Dr Léon Betoule, le frère d'Alain ! Elle comprend maintenant certaines allusions de son cousin.

— Betoule et Louis se sont partagé l'argent des maquis qui était dans la troisième caisse parachutée sur le mont Luret, poursuit Peyrignac. Comment crois-tu que ton oncle a acheté une des plus grosses minoteries du pays et que Betoule a fait construire sa villa ?

— Ils ont fait des emprunts. Les avocats en ont parlé lors du procès.

— Tout ça, c'est de la fumée. Leur argent a été placé en Suisse. C'est en gageant ces sommes considérables qu'ils ont obtenu des prêts.

— Pourquoi tu ne t'es pas défendu quand c'était le moment ?

— Les meurtriers possibles ne manquent pas. Un jour, si Dieu le veut, j'éclaircirai cette histoire.

— Que veux-tu dire ?

— Cela me regarde. C'est Dieu qui décidera.

Cette insistance à s'en remettre à la volonté divine étonne Virginie. Le moment est venu d'aborder la raison de sa visite. Elle redoutait un silence tenace de son père, ses propos compliquent sa requête.

— Ma condamnation t'arrange toi aussi. La preuve, tu es là à attendre quelque chose de moi.

— Papa, je...

— Fais vite !

— Tu restes propriétaire des bâtiments et des machines. Je voudrais tourner la page, m'occuper de ma sœur et m'installer ailleurs.

— Tu veux donc vendre la Fabrique ? Cela n'a plus d'importance.

— Je ne veux pas la vendre, je veux la sauver !

— Trouve un notaire. Nous ferons cela demain.

Il se retourne et s'éloigne de son pas toujours aussi droit. Ses cheveux blancs qui reflètent la lumière lui font comme une auréole. Il passe devant le policier sans lever les yeux et disparaît dans les profondeurs de la prison.

Une fois dans la rue, Virginie est éblouie par la lumière marine. Le vent souffle toujours sous un ciel délavé, secouant les volets, arrachant les chapeaux. Virginie porte la main à ses cheveux.

— Il faut un notaire pour demain matin. Il est d'accord, dit-elle à Claude Mercin.

— J'y avais pensé. Je vous invite à rejoindre notre hôtel. Mais avant, comme je vous vois très démunie, nous allons passer dans les meilleurs magasins d'habillement pour refaire votre garde-robe. Il vous faut des chaussures, et peut-être avez-vous envie de passer chez le coiffeur ?

La tentation est bien grande pour Virginie. Dépenser ! Acheter sans avoir à penser à la facture. Pourtant, Claude Mercin ne semble pas être un homme à faire des cadeaux.

— Serait-ce que vous m'emmenez dans un palace ?

— Cela se peut. Nous sommes désormais associés pour une belle aventure.

Virginie est mal à l'aise. L'épaisse silhouette de son père ne la quitte pas de la soirée. Il a accepté sans broncher de se défaire de son patrimoine, de tirer un trait sur la Fabrique, son œuvre. Pourquoi un tel renoncement ? Que prépare-t-il ?

Elle ne montre pas son inquiétude. Mercin l'emmène dans le meilleur hôtel de Nantes. Pendant le dîner, il parle beaucoup, mais ne dit rien d'essentiel. Virginie n'apprend sur lui que peu de choses, sa vie éreintante à la tête d'une affaire qu'il a créée, sa femme dont la fortune lui a permis de réaliser ses ambitions, ses deux filles dont il ne s'occupe pas suffisamment. Elle raconte son enfance chez sa grand-mère avec Vincent et la petite Élisabeth, l'horrible atmosphère de la Fabrique dominée par la stature immuable de Martial Peyrignac.

— Moi, je suis fils d'ouvrier ! dit Mercin en braquant sur elle ses yeux bleus. Pourtant, je suis né pour être patron, pour commander. Cela, je le sais depuis mon plus jeune âge.

— Je ne sais toujours pas pour quoi je suis née, avoue Virginie face à son désarroi. Depuis longtemps, je ne crois plus que c'est pour être heureuse !

— Vous êtes née pour sauver l'usine Peyrignac ! dit-il au dessert. Nous allons créer une nouvelle société dans laquelle vous et votre sœur aurez 49 % des parts et moi 51. Ceci parce qu'il faut quelqu'un pour décider et que j'engage de grosses sommes. Vous serez la directrice de l'affaire avec un adjoint, un homme à moi en qui j'ai une grande confiance.

Virginie ne se fait pas d'illusion : elle n'aura rien à décider et ne sera là que pour incarner la continuité Peyrignac.

— Et mon cousin ?

— Il n'a pas sa place chez nous, tranche Mercin. Ce qu'il a fait le rend indigne de rester à la Fabrique. En revanche, votre sœur qui, je crois, a le bac, pourra, si elle le souhaite, se former dans l'entreprise pour une place de cadre.

— Ma sœur est compliquée. Je ne sais pas ce qu'elle aura décidé.

Le lendemain, vers dix heures, Virginie se présente à l'entrée de la prison. Elle est conduite dans une salle aux fenêtres grillagées, où le notaire, chauve et grassouillet, s'est déjà installé à une petite table. Un policier prie la jeune femme de s'asseoir. Son père arrive entre deux policiers.

Son regard fixe se pose sur le notaire qui, impressionné, se lève.

— Monsieur Peyrignac, dit-il en se rasseyant, je vous prie de prendre connaissance de l'acte que voici. Vous faites donation de tous vos biens, meubles et immeubles ainsi que vos terres à vos deux filles, Virginie Peyrignac ici présente et Élisabeth Peyrignac, absente, mais représentée par sa tutrice.

Martial Peyrignac jette un bref coup d'œil sur le document et le signe avec le stylo que lui tend le notaire.

— Est-ce tout ? demande le condamné.

— Ce sera tout. Ce document va être transmis à mon confrère de Tours, Me Malgret, qui s'occupe de vos affaires. Il procédera au partage entre vos deux filles.

— Très bien.

Martial Peyrignac se dirige vers la porte où l'attendent les deux policiers. L'entrevue n'a pas duré dix minutes. Le notaire plie les deux exemplaires de l'acte de donation. Virginie reste grave. Elle a la certitude qu'elle ne reverra pas son père.

Ils arrivent à Tours en milieu d'après-midi. Mercin la dépose sur la place de la cathédrale. Il lui tend un carnet de chèques.

— Pour vos petits achats. Je serai demain en début d'après-midi à la Fabrique. Vous convoquerez le personnel et lui expliquerez que vous reprenez l'affaire de votre père avec mon aide. Vous présenterez M. de Lignac, le nouveau directeur. Je serai là pour parler de ma société et de notre programme.

— Et Vincent ? Que vais-je lui dire ?

— Qu'il doit se plier à nos exigences. S'il refuse, vous appelez la police, car il occupe une place qu'il a usurpée.

Mercin claque la portière. Virginie reste un moment les yeux dans le vague. Le carnet de chèques lui brûle les doigts. La tentation est là, remplissant son corps de douleurs délicieuses. Pourquoi n'irait-elle pas chez Grumeau qui a sûrement de nouveaux diamants, de nouveaux colliers de perles fines ? La veille, Mercin n'a pas regardé à la dépense quand elle s'est habillée. L'occasion de se livrer à son vice la pousse vers la boutique du bijoutier.

La pensée de Joseph Puylieut emmené entre deux de ses collègues comme un voleur de grand chemin la retient. Céder une nouvelle fois serait renier le sentiment qu'elle lui porte et refuser de croire qu'ils seront bientôt de nouveau réunis.

Elle décide de louer une voiture et remonte à Maubade.

Virginie arrête son véhicule près du long bâtiment, à côté de la voiture de sport de Vincent. Le bruit strident des machines la rassure. Elle traverse la petite cour sans se préoccuper des regards curieux posés sur elle. Elle monte les quelques marches qui conduisent à l'étage, marche dans le couloir, étonnée par le bruit de ses pas. La porte du bureau de son père est ouverte. Vincent lève distraitement les yeux du rapport qu'il lit et marque sa surprise.

— Virginie ! s'écrie-t-il. Tu t'es enfin décidée !

L'accent de sincérité fait mal à la jeune femme, qui a préparé ses phrases et dit d'un ton qui se veut dur, mais montre ses failles :

— Vincent, tu occupes une place qui n'est pas la tienne. Tu es ici chez moi. La preuve, cet acte de donation de mon père en bonne et due forme. Je te prie de sortir !

Le jeune homme stoppe son élan ; ses bras tendus vers Virginie retombent. Son visage se ferme, il ouvre la bouche comme pour chercher la bonne formule à asséner.

— Je t'ai toujours dit que ta place était ici. Tu t'es enfuie !

— Il ne s'agit pas de ça, Vincent. C'est toi qui vas partir. Demain, je réunis le personnel pour expliquer la situation. Je suis propriétaire avec ma sœur des locaux, des machines, des stocks. L'entreprise est associée aux Meubles Tourangeaux qui apportent de l'argent frais pour relancer la Fabrique.

— Mais c'est notre concurrent ! Tu te rends compte ? L'usine fonctionne très bien...

— Tu sais bien que ce n'est pas vrai. La Fabrique tourne avec l'argent des banques et les subventions que t'a si généreusement accordées le conseil général.

— Mais enfin...

— Je ne veux plus te voir dans ce bureau !

Vincent Peyrignac réfléchit vite. Virginie s'est laissé monter le coup par Mercin. Il doit ameuter le syndicat et les représentants du personnel qui lui sont tout acquis. Il sort sans rien ajouter, mais ce n'est qu'une manière de préparer sa défense.

Virginie retourne à la grande maison qui est désormais sa propriété. Elle en a gardé les clefs et parcourt les pièces les unes après les autres, les redécouvrant avec un regard nouveau. La petite fille, la jeune femme écrasée par son père cèdent la place à celle qui a désormais tout en main pour s'imposer.

Après avoir ouvert les volets pour bien montrer que la vie revient dans cette demeure pompeuse, symbole de la réussite d'un enfant du pays, elle monte dans sa voiture et s'éloigne de Maubade.

À Tours, la jeune femme hésite avant d'entrer à l'hôpital psychiatrique. En quelques mois, sa sœur a-t-elle succombé à la folie ?

Elle se présente comme tutrice d'Élisabeth Peyrignac, qu'elle souhaite reprendre si son état le permet. Le responsable de l'hôpital qui la reçoit a un léger sourire :

— Votre sœur n'est pas une malade mentale. Disons qu'elle présente un excès de caractère, mais rien de plus. Nous envisagions de la placer à l'extérieur car l'environnement ne lui convient pas.

— C'est parfait. Je veux la reprendre à Maubade.

Élisabeth, qu'on est allé chercher, arrive dans le bureau du directeur et voit en premier Virginie qui lui sourit. La jeune fille n'a pas changé, toujours le même visage un peu large, le même regard droit et sombre de son père. Et la même attitude sur la défensive, prête à griffer. Seule différence qui ajoute de la maturité à sa silhouette : ses cheveux courts.

— Qu'est-ce que tu fais là ? demande-t-elle froidement à Virginie.

Le directeur s'interpose.

— Élisabeth, tu dois sortir de cet établissement où les gens que tu fréquentes ne t'apportent rien. Tu vas donc suivre ta sœur...

— C'est non ! fait Élisabeth sur un ton aigre. Je veux rester ici.

Virginie s'approche.

— Élisabeth, tu sais que notre père est en prison. La Fabrique nous revient, à toi et à moi. Nous devons nous unir pour la sauver.

Élisabeth a un rire dédaigneux.

— La Fabrique ? Ce n'est pas mon affaire ! Quant à notre père...

— Il est innocent, tu le sais bien !

Élisabeth secoue la tête.

— Non, je ne le sais pas.

Elle fait demi-tour pour s'en aller. Virginie se précipite et la retient.

Alors, Élisabeth lui dit d'une voix ferme :

— Sache que je ne veux rien avoir à faire avec toi !

Elle s'éloigne. Virginie, meurtrie, reste immobile. Le directeur tente de la rassurer.

— Ne vous en faites pas. On lui parlera.

— Ce n'est pas la peine, il n'y a plus rien à faire.

— Si, dit le directeur. Il faut l'aider, et pour cela, elle doit sortir d'ici. Pouvez-vous me signer une autorisation de sortie ? Nous ferons cela progressivement et nous vous tiendrons au courant.

Virginie retourne à la Fabrique. Le refus d'Élisabeth l'a profondément meurtrie. Elle s'attendait à la visite de Vincent, qui ne vient pas. Le lendemain, elle se rend au bureau avant l'arrivée des premiers ouvriers et prend place sur le balcon. Vincent n'a pas cette habitude. Il préfère se placer au portail, serrer les mains et écouter les récriminations. Avec l'argent des autres, il n'avait pas de mal à les satisfaire, pense Virginie.

Les premiers groupes s'arrêtent, stupéfaits de voir la jeune femme à la place d'où ils l'ont chassée. Ils se mettent à bavarder entre eux. Quelques injures fusent. Le silence se fait quand elle tend les bras vers eux.

— Mes amis, commence-t-elle, je suis revenue parce que je suis ici chez moi.

Personne n'est autant attaché à la propriété privée que ces paysans qui placent leur lopin de terre au-dessus de tout. Beaucoup votent pour les communistes mais sont les premiers à s'insurger contre le collectivisme. Pourtant, la fille Peyrignac ne manque pas de toupet pour oser reparaître à la Fabrique que M. Vincent a si bien relevée.

— Je suis ici chez moi puisque mon père vient de nous faire donation de tous ses biens, à ma sœur et à moi, poursuit-elle. La Fabrique ne peut plus continuer sur sa lancée : actuellement, elle ne vit que de subventions et de prêts accordés par les banques. Ce que vous considérez comme une belle réussite est le début de l'échec. Dans moins de trois mois, si cela continue ainsi, l'usine aura cessé d'exister.

Cela, les responsables syndicaux le savent, une grande partie du personnel s'en doute, mais s'en moque tant que les salaires sont versés. Des sifflets se font entendre, des voix réclament Vincent Peyrignac.

— Aussi, nous venons de signer un accord avec les Meubles Tourangeaux, ajoute Virginie. Je vous demande d'être tous présents à la réunion qui aura lieu cet après-midi, ici même. Nous vous expliquerons nos projets et comment nous allons remettre la Fabrique sur les rails. Maintenant, tout le monde au travail !

Elle s'attendait à un tollé de protestations orchestré par le chef du syndicat. Mais non, les groupes regagnent leurs ateliers en commentant une nouvelle qui les surprend, mais qui va dans le sens souhaité.

Claude Mercin arrive en fin de matinée. Il est accompagné de plusieurs personnes, dont Charles de Lignac que Virginie remarque tout de suite, car il domine les autres de sa très grande taille. Il est beau aussi, un visage carré, viril, des cheveux noirs dont les légères boucles jouent avec la lumière, un regard pénétrant, un sourire engageant. Mercin le présente à Virginie :

— C'est Charles qui assurera la direction de l'affaire avec vous. J'ai toute confiance en lui.

Virginie se dit qu'il aurait pu choisir un vieux collaborateur chauve et aigri au lieu de ce jeune homme qui va faire chavirer tous les cœurs féminins de la commune.

La réunion de l'après-midi se passe sans le moindre heurt. Les ouvriers acceptent la nouvelle organisation et Charles de Lignac à leur tête. Pour eux, l'essentiel est de conserver leur emploi. Grangean ne pose aucune question.

Dès le lendemain, la Fabrique se remet au travail avec entrain. Les ateliers sont réorganisés pour de nouvelles productions de meubles à bas prix, des « meubles jetables », dit un vieil ébéniste qui réprouve ces orientations, tout en sachant que c'est la seule manière de réussir.

Vincent Peyrignac s'est réfugié chez lui. Il assiste de loin à sa mise à mort en espérant que les ouvriers prendront sa défense. Mais non, personne ne prononce son nom. Ils doutent de sa capacité à redresser la Fabrique. Ces paysans ne sont pas des économistes, mais ils savent compter et ne croient pas aux miracles.

Quand il comprend que personne ne viendra le chercher, Vincent écoute le silence de sa petite maison pleine de fantômes. Sa grand-mère, une femme tout en noir, peu bavarde, d'apparence revêche et pourtant si généreuse, a régné sur cet intérieur. Elle savait le consoler et lui donner l'espoir de beaux lendemains. Son grand-père était plutôt petit, le visage sévère. Gaudefroi ne paraissait qu'aux repas et ne pensait qu'à sa scierie et au travail à accomplir. Il mangeait sans un mot et repartait. Sa présence rassurait pourtant l'orphelin.

Durant ces années, Vincent avait surtout appris à haïr. Il ne faisait pas vraiment partie de la famille. Son père inconnu le plaçait en retrait des autres. À la mort de sa mère, il avait voulu disparaître. Sans sa grand-mère, il serait parti se cacher dans les bois, où il se serait laissé mourir à son tour.

L'assassinat de Louis et de Léon Betoule lui a procuré une des plus grandes joies de sa vie. Louis, qui cherchait à se concilier les bonnes attentions de son frère, et Léon, pour avoir participé à l'assassinat d'une femme qui l'accusait de ne pas avoir pris ses responsabilités lorsqu'elle avait été enceinte, méritaient d'être abattus comme des chiens. Grâce à l'argent récupéré sur le mont Luret, l'un et l'autre avaient pu s'installer dans la vie avec une avance confortable. Martial Peyrignac avait été condamné ; désormais Vincent était vengé des trois personnes qu'il détestait le plus au monde. Une nouvelle vie commençait pour lui.

Il attend le soir que les ouvriers soient partis de l'usine. La nuit tombe. La grande maison est éclairée. Virginie reçoit ses nouveaux associés et a fait venir un cuisinier de Tours. Des serveurs de Lognes dressent la table. Elle doit être au salon avec le beau Charles de Lignac, qui ne tardera pas à la mettre dans son lit. À cette pensée, de nouvelles envies de meurtre viennent à l'esprit de Vincent. Il éprouve pour sa cousine un attachement qui ne supporte pas le partage.

Personne ne peut le chasser de cette enclave dans la propriété des sœurs Peyrignac. Au moment du partage des biens entre Louis et Martial, sa grand-mère avait insisté pour que la part de

Marie qui revenait à Vincent soit cette maison et un peu de terre : « Au moins, il aura un toit pour se garder de la pluie ! » avait-elle dit à l'intention de Martial qui voulait tout pour lui.

Vincent ouvre une bouteille de vin. Les premiers verres, au lieu de réveiller des ressentiments, l'assomment. Il s'endort sur son canapé jusqu'à ce que des coups frappés à sa porte le fassent sursauter. Qui peut bien venir chez lui à cette heure avancée de la nuit ? Lui dont personne n'attend plus rien !

Il se dresse, ébouriffé, va à la porte. Virginie est là, tenant une lampe de poche allumée. Il ne l'accueille pas avec son habituelle courtoisie.

— Qu'est-ce que tu me veux ?

— Te parler. Je ne t'ai pas oublié.

— Eh bien, parle.

— Laisse-moi entrer.

— Tes associés sont partis ? Tu ne t'es pas débrouillée pour retenir le bellâtre ? Je suis certain qu'il n'a qu'une envie, coucher avec toi, et que cela fait partie du plan établi.

— Charles de Lignac est marié, réplique Virginie.

Elle voit la bouteille presque vide sur la petite table à côté du canapé.

— Je n'ai pas oublié que tu es un peu mon frère, et j'ai plaidé ta cause. Tu peux rester à la Fabrique. Tu seras responsable du service commercial. Ta belle présentation, ta séduction auprès des clients peuvent faire des miracles pour l'entreprise.

— Si j'étais moche, vous m'auriez jeté comme

une vieille chaussette ! s'exclame Vincent en s'asseyant de nouveau sur son canapé en face de Virginie, toujours debout. C'est vrai que le monde actuel ne fait pas grand cas des moches.

— Voilà ce que je voulais te dire. Tu me donneras ta réponse demain matin. On n'a pas le loisir d'attendre plus longtemps pour pourvoir un poste aussi important.

Elle se dirige vers la porte, mais hésite avant de l'ouvrir, comme si elle attendait que Vincent la retienne. Il ne dit rien et la laisse partir.

Le lendemain, il attend que les ouvriers soient au travail pour se montrer. Il n'a pas l'intention d'aller parler à Virginie. Sur le parking, la belle voiture de Charles de Lignac indique que la Fabrique a changé de patron. Elle continue sans lui et c'est l'essentiel pour tout le monde. On lui fait l'aumône d'une place dans cette entreprise, Virginie l'a trahi.

Il monte en voiture et s'en va à Tours, où il prend son petit déjeuner à la terrasse d'un café en regardant couler la Loire. Vers dix heures, il se rend au centre psychiatrique. Son nom suffit à le présenter : les journaux ont assez parlé de lui.

— Je voudrais voir Élisabeth, ma cousine. Je sais qu'elle est en train de se détruire ici. Je voudrais m'occuper d'elle.

— C'est une très bonne idée, précise le directeur. Elle n'a pas voulu suivre sa sœur, peut-être aurez-vous plus de chance. Il faut qu'elle sorte d'ici, sinon elle va devenir vraiment folle !

Élisabeth arrive dans le bureau, embrasse son cousin.

— Voilà, dit-il, je suis venu te chercher.

Elle réfléchit un instant, puis précise :

— Je ne veux pas partir avec toi.

Le directeur s'en mêle :

— Qu'est-ce que tu nous racontes ? Ton cousin te propose de sortir et tu refuses !

Elle baisse les yeux. Vincent remarque la belle courbe de son cou et de l'épaule. Elle a changé depuis qu'il l'a vue, ses traits se sont affermis. Plus grande que Virginie, elle en a la grâce, mais son regard reste rebelle. On la sent prête à mordre.

— D'accord, dit-elle enfin.

— C'est ça, ma fille. Le Dr Lefort te signera un certificat qui te permettra de faire la classe à la rentrée. Ce sera quand même mieux que la plonge aux cuisines de l'hôpital !

— Ça m'allait bien.

— Va chercher tes affaires. Monsieur Peyrignac, je vous prie d'attendre votre cousine dans la pièce voisine.

Vincent sort du bureau. Le directeur décroche son téléphone et appelle Virginie, qui est responsable de la mineure. Celle-ci marque sa surprise, mais donne la permission de laisser partir Élisabeth avec Vincent. « Curieux assemblage ! se dit la jeune femme, qui a emménagé dans le bureau voisin de celui de son père qu'occupe Charles de Lignac. Je les connais assez pour savoir qu'ils sont capables de s'entendre. »

Quelques instants plus tard, Élisabeth revient avec son sac de voyage. Elle s'est changée ; sa robe moule son beau corps. Elle a coiffé ses cheveux courts, qui font ressortir son regard très noir, la peau claire de son front et ses joues.

— Où m'emmènes-tu ? Je ne veux pas retourner à la Fabrique.

— Il n'en est pas question. Nous allons à Nantes, voir ton père.

Elle a comme un mouvement de recul et se tourne vers la porte d'où elle est venue. Vincent redoute un instant qu'elle ne parte. La jeune fille précise :

— Je n'ai rien à lui dire. Mais si tu y tiens, nous pouvons y aller.

Une fois dehors, Élisabeth fait quelques pas dans le parking puis s'arrête. Son regard va des arbres devant elle à la Loire sur sa droite. Le soleil brille entre des nuages très blancs qui flottent mollement au-dessus du fleuve. Vincent s'approche d'elle et pose sa main sur son épaule.

— Que c'est beau ! fait-elle dans un souffle.

— Tu revis, Élisabeth, tu renais ! s'exclame Vincent. Nous nous ressemblons tous les deux. Moi, j'ai grandi seul, comme un petit canard noir, rejeté par les autres, et toi aussi, tu t'es débrouillée dans ton coin sans aucune main tendue. Nous pouvons nous entendre.

Elle se dirige d'un pas déterminé vers la voiture que lui indique son cousin. L'air de l'extérieur vient tout à coup de la requinquer, de lui donner une force nouvelle.

— Pourquoi veux-tu que nous allions voir mon père ? Il n'a rien à nous dire.

Vincent hésite. Il a envie de voir son oncle derrière les barreaux. Élisabeth est son prétexte.

— Il peut nous indiquer le chemin à suivre pour confondre le coupable des deux crimes de Maubade.

— Mais le coupable, c'est lui ! J'en ai la certitude. Pourquoi veux-tu remuer cela ?

Elle fait une petite grimace et ajoute :

— Je suis entrée ici avec tant de haine au cœur que je croyais en devenir folle. Mais la haine ne fait pas perdre la raison, au contraire, elle donne des pensées claires et précises. L'exprimer procure plus de plaisir que l'amour. Allons voir mon père !

Ils montent en voiture et prennent la direction de Nantes. Midi approche. Vincent propose à sa cousine de s'arrêter déjeuner dans une auberge au bord du fleuve.

— Je n'ai pas faim, dit Élisabeth. Allons vite à Nantes, puisque tu y tiens.

— Il faut que tu fasses la paix avec ta sœur.

— On n'y est pas encore !

Ils sont à Nantes vers quatre heures de l'après-midi et se rendent aussitôt à la prison. Vincent est fébrile, anxieux, Élisabeth au contraire affiche un calme étonnant.

— Cela ne te fait rien de voir ton père derrière les barreaux ?

— Je m'en réjouis.

Lui aussi s'en réjouit, mais il ne peut empêcher la peur de le tarauder. Le regard de son oncle lors du procès l'écrase encore.

Ils sont introduits dans la pièce coupée en deux par des barreaux de fer. Depuis longtemps, Vincent a préparé les phrases qu'il veut dire au détenu, mais quand les pas retentissent dans le couloir, les mots lui manquent.

Le premier regard de Martial Peyrignac est pour sa fille, puis il se tourne vers Vincent. Le condamné s'est arrêté au fond de la pièce, près de la porte où se tient un gardien. Il reste un court instant immobile, puis s'en va sans un mot.

— C'est ce que tu voulais ? s'emporte Élisabeth. Autant de voiture pour cela ! Bravo, c'est réussi !

Ils sortent de la prison sans échanger un seul mot.

Deuxième période

PRINTEMPS 1972-PRINTEMPS 1973

Le 3 mars 1972, trois années après le double crime de Maubade, le bateau de l'administration française accoste enfin au petit port bien protégé de l'île du Diable. On l'attendait depuis deux semaines, mais les conditions météorologiques doivent être parfaites, sinon aucune embarcation ne peut parcourir les trente lieues qui séparent l'île de Cayenne. L'administration pénitentiaire a supprimé les travaux forcés depuis 1938, pourtant des condamnés peuplent encore ces terres désolées. Des volontaires trouvent là l'occasion de vivre dans un semblant de liberté et reçoivent un salaire convenable en effectuant des travaux d'assainissement destinés à rendre ce caillou habitable. Cette lubie des autorités locales coûte cher en vies humaines, mais cela n'a pas d'importance : les prisons de la métropole sont surchargées.

Des groupes se forment sur l'esplanade en face de la jetée pour assister aux dernières manœuvres du bateau. La passerelle est avancée, les passagers débarquent, employés en uniforme colonial, nouveaux volontaires en vêtements grossiers de l'administration pénitentiaire. Enfin, très entouré, un officier de petite taille est accueilli avec empressement par le responsable de l'île. Les deux hommes se congratulent, puis marchent jusqu'au bâtiment du commandement où ils s'enferment. Des ouvriers déchargent les caisses de ravitaillement des soutes.

Un retardataire, le visage couvert d'une épaisse barbe, descend à son tour.

— Je suis le Dr Bartholomey, dit-il à un curieux. Je possède des remèdes contre les fièvres de ce maudit pays, les piqûres d'insectes et les morsures de serpents. Je serai à l'infirmerie, où ceux qui le souhaitent pourront me consulter. Et puis, je cherche un condamné : l'Aurochs !

— Je ne le connais pas et je m'en fous !

Bartholomey rejoint le groupe des officiels qui s'apprête à faire une visite de l'île conduite par le responsable de l'opération, un certain Joffroy de Belly. Ce petit chef d'ordinaire sec et tranchant ne cesse de parler pour se mettre à son avantage face au gouverneur général. Il explique tout, se perd dans les détails, on n'entend que lui : l'île du Diable sera bientôt une destination à la mode pour milliardaires.

Le Dr Bartholomey poursuit seul son inspection. Il fait le tour de la carrière, dévisageant les travailleurs, puis il va au chantier voisin où des tailleurs martèlent les pierres en cadence. Tout à coup, il s'arrête net. Celui qui vient de le regarder est bien le matricule 863. L'autre le reconnaît, mais aucune émotion ne passe sur son visage. Il se remet au travail avec la même lenteur obstinée.

Le climat tropical et les maladies n'ont pas eu raison de sa solide constitution. L'Aurochs mérite bien son surnom. Emprisonné à Nantes, loin du tribunal qui l'a condamné, l'administration pénitentiaire au courant de son cas lui a proposé d'aller « travailler dans les îles », espérant que les difficiles conditions naturelles viendraient rapidement à bout de celui qui a été un peu vite reconnu coupable de deux crimes. Mais les fièvres n'ont pas voulu de lui et il s'est rapidement adapté au climat chaud et humide.

Bartholomey fait un signe au chef d'équipe et lui glisse discrètement un billet de banque dans le creux de la main. Le chef sourit, prêt à toutes les concessions.

— Je suis le Dr Bartholomey, mandaté par le gouvernement français pour tester un vaccin contre les maladies tropicales. On m'a parlé d'un détenu qui supporte particulièrement bien le climat. Je voudrais lui faire une prise de sang pour tenter de découvrir les causes d'une telle résistance. Je veux parler du matricule 863.

— Un costaud, monsieur. Voilà trois années qu'il est ici sans le moindre bobo !

— Permettez-moi de l'examiner un peu en retrait. Il me faut dix minutes, au plus !

— Vous avez tout votre temps. Ici, rien ne presse. Ce qui ne se fait pas aujourd'hui se fera demain !

Le chef retourne au groupe où plusieurs tailleurs ont profité de son absence pour souffler.

— L'Aurochs, de la visite !

L'homme pose son marteau et son burin, se

dresse. Il a sûrement passé la soixantaine, mais sa silhouette, solidement ancrée sur des jambes courtes, donne une impression de force, d'invulnérabilité. Sa peau burinée, creusée de profondes crevasses, ressemble à une écorce, un cuir épais de reptile.

— Le Dr Bartholomey veut t'examiner.

Le détenu dévisage le Dr Bartholomey sans montrer qu'il le connaît. Pourtant, quand ils sont à l'écart, un vague sourire anime son visage.

— Bartholomey ! Je n'osais plus t'attendre !

— Je t'avais dit que je reviendrais. Et cette fois, c'est pour la belle, comme je te l'ai promis. Bartholomey n'oublie pas ses dettes, et tu l'as sauvé des requins il y a deux ans, lors de sa première visite. Quand j'ai glissé de la falaise et que je suis tombé à l'eau, tu as été le seul à sauter pour me sauver. Je ne l'ai pas oublié.

— N'en parlons plus.

— L'occasion inespérée est enfin là. Je suis mandaté par l'administration pour tester de nouveaux vaccins et participer à l'assainissement de l'île. Le gouverneur croit tellement à son projet de complexe touristique qu'il a réussi à convaincre les autorités de métropole, et l'argent coule à flots.

— Tu y crois, toi ?

— Pas un instant. C'est tout simplement irréalisable. On va mettre au point des vaccins, on va désinfecter l'île de sa vermine, mais jamais aucun milliardaire ne voudra séjourner dans un endroit aussi désolé. Qu'importe, l'argent arrive en quantité et il faut en profiter, car cela ne durera pas. Je vais t'emmener à Cayenne pour t'hospitaliser dans mon service d'immunologie, et de là, tu pourras fuir...

Le visage de l'Aurochs se contracte, il serre les dents, ses yeux brillent.

— C'est l'espoir de ce retour qui m'a tenu en vie. Mais tu crois qu'on va te laisser faire ?

— Ils sont tellement préoccupés par leur projet qu'ils acceptent tout. Tu vas être libre, j'ai tout prévu, mais je connais tes intentions et je crois que ce n'est pas te rendre service que de te laisser retourner là-bas.

L'Aurochs secoue sa grosse tête d'animal de combat.

— Ma vie est finie. Ce qui m'en reste, c'est pour me mettre en règle avec les autres !

Le Dr Bartholomey regarde le prisonnier avec admiration. Des hommes, il en a vu de toutes sortes et surtout des pires. Jamais il n'a eu cette impression de puissance, cette volonté dans ce qui est un curieux sentiment et qui demande de la grandeur d'âme : la haine.

— Ils m'ont humilié, moi qui leur avais tout donné, moi qui plaçais mon honneur au-dessus de tout. Ces années de captivité m'ont réconcilié avec moi-même.

— C'est ton affaire. Moi, je te fais sortir, le reste ne me regarde pas.

— Ainsi, *l'heure est venue*, murmure Peyrignac en pensant à la feuille de papier que quelqu'un avait glissée dans son agenda trois années plus tôt, quand il était encore le patron de la Fabrique.

Mais dis-moi, où as-tu trouvé l'argent pour monter tout ça ?

— Je te dis que l'argent ne manque pas pour le beau rêve de faire de cette île un paradis pour milliardaires. Je me demande comment une idée aussi saugrenue a pu germer dans l'esprit de nos dirigeants. À mon service d'immunologie à l'hôpital, je n'ai qu'à demander pour obtenir tout ce que je veux. Mais ils comprendront vite leur erreur, il faut donc en profiter.

— Bon, faut que j'y aille, précise l'Aurochs en se tournant vers le chef d'équipe qui consulte sa montre.

— Donc, ce soir, on viendra te chercher, car j'ai détecté chez toi une maladie grave et intéressante pour mes études. Tu m'accompagneras à Cayenne où je te ferai hospitaliser. La suite est simple : tu vas mourir, ton corps sera gardé pour être autopsié, puis brûlé au crématorium de l'établissement.

— C'est d'accord, dit Peyrignac en retournant à son travail.

Un mois plus tard, le 5 avril 1972, un homme encore jeune, le visage maigre, descend du train Nantes-Paris en gare de Tours. Il retrouve enfin cette ville où s'est passée une grande partie de sa vie. Son cœur bat fort. Il remonte l'avenue Victor-Hugo en constatant que très peu de choses ont changé en trois années.

Ses pas le conduisent à la maison de Virginie Peyrignac. Les volets sont ouverts. Qui habite cette demeure que la jeune femme a vendue après la condamnation de son père ? Il se place dans un coin de la rue et attend. La silhouette d'un homme passe derrière une fenêtre. Joseph Puylieut retient sa respiration : jusque-là, il a agi comme si le temps n'avait passé que pour lui, et pourtant Virginie aussi a vécu ces trois années loin de lui. Qu'est-elle devenue ? Est-elle guérie de son vice pour lequel il a été condamné ? La fille de Peyrignac a probablement oublié depuis longtemps le commissaire qui a osé clamer l'innocence de son père en plein tribunal. Lui, n'a cessé de penser à elle.

Il quitte son observatoire et se rend à son ancien quartier. Une femme à la fenêtre de son appartement lui rappelle qu'il se trouve sans toit pour la nuit.

Il prend la route sur la digue qui domine le fleuve. Le printemps, le chant des oiseaux, la douceur de l'air ne ralentissent pas sa marche. Le soir tombe ; les odeurs d'herbes nouvelles montent de la terre humide. Puylieut n'a pas mangé depuis deux jours. Le train a eu raison de la petite somme d'argent qu'on lui a remise à sa libération. Alors, il va sur les pas de celui qu'il a été autrefois, avant les trois années de prison purgées pour tentative de vol.

Il sait bien où aller, mais prenant conscience que tant de choses ont pu se produire pendant son absence, il n'ose pas frapper à la porte des Langlaget. Maurice a tout fait pour le sauver. Il a refusé de porter plainte et a affirmé que, dans sa maison, Joseph était chez lui, qu'il pouvait y entrer à sa guise pendant l'absence des propriétaires. L'administration de la police a refusé ces arguments : un des siens a failli, sa condamnation doit être exemplaire ; elle l'a été.

Il prend la route de Maubade, poussé par le souvenir de l'affaire qui a bousculé son existence. Martial Peyrignac est-il encore en vie ? Puylieut a ressenti sa condamnation comme un échec personnel, mais que peut-il désormais, homme sans toit, sans dignité, pour faire éclater la vérité ? Pendant ces années de solitude, l'ancien commissaire a eu le temps de réfléchir, de chercher la faille dans l'enquête. Sa conviction s'est confirmée, même s'il n'a aucun argument matériel pour prouver l'innocence de Peyrignac.

À la sortie de la ville, au bout d'une prairie qui longe la digue, Puylieut remarque une vieille grange où il s'est abrité autrefois lors d'un orage. Il se glisse à l'intérieur par la porte de planches qui ne ferme plus. Trop fatigué pour prêter attention à l'odeur de rat et de vieux foin, il resserre sa vareuse, se couche sur la paille et s'endort. Le bruit de la Loire le berce, il en oublie sa faim.

Il dort d'une traite, sans rêve, au fond d'un néant réparateur. Quand il se réveille, les douleurs de son corps se sont apaisées. Les crampes à l'estomac ne l'empêchent pas de se sentir presque heureux. Il sort ; le soleil brille dans un ciel nettoyé. La chaleur redonne des forces à ses membres engourdis.

Il revient vers la ville. C'est jour de marché. Les rues sont envahies de villageois descendus des collines. La place de la cathédrale grouille de monde. Puylieut ose enfin s'approcher de la maison des Langlaget. Les volets sont ouverts, les parterres toujours soigneusement entretenus.

Il hésite un long moment avant de pousser le portail. Le jardin sommeille sous le soleil qui monte. Le bruit aérien du fleuve voisin ajoute sa paix à la somnolence des lieux qui semblent déserts. Puylieut gravit les marches du perron et agite la clochette. Une jeune femme aux épaules de bûcheron ouvre et s'étonne de trouver un mendiant.

— Passez votre chemin ! dit-elle d'une voix virile. On n'a rien pour vous !

— Avertissez votre maître. Je suis Joseph Puylieut. Il me connaît très bien.

La servante claque la porte ; Puylieut attend un long moment. Il s'apprête à s'en aller quand la porte s'ouvre de nouveau. En face de lui, Maurice Langlaget, appuyé sur sa canne, le regarde avec curiosité. Le corps de cet homme autrefois grand et fort a fondu. Il n'en reste que les os et la peau. Le visage maigre s'anime, des larmes noient les yeux profonds du vieillard.

— Cher Joseph ! Enfin, c'est vous, et vous avez pensé à venir chez moi ! Entrez vite ! Nous avons tant prié pour vous !

Puylieut fait un pas dans le corridor. L'homme qui marche devant lui sans soulever les pieds n'a rien gardé de l'élégance qui le caractérisait autrefois. Son costume est fripé et taché, sa cravate mal nouée ne s'ajuste plus à un cou aux peaux flasques.

— Vieillir est la pire des choses, dit Maurice Langlaget. Ma pauvre Adèle est morte. Mais vous revenez et vous m'apportez un peu de soleil. Je désespérais de ne plus jamais vous revoir après cette injuste condamnation.

— N'en parlons plus, fait Puylieut.

— Mais je bavarde et vous êtes là, dans des vêtements indignes d'un honnête homme ! reprend le vieillard en s'essuyant les yeux. Vous avez peut-être faim ?

Puylieut ne dit pas qu'il n'a pas mangé depuis deux jours. Langlaget appelle sa servante et lui ordonne de servir quelque chose au visiteur.

— Dieu est parfois très dur, poursuit le vieil homme. Il m'a pris mon Adèle pour m'envoyer en enfer. Tant qu'on est deux, l'âge se supporte. On s'épaule, on se soutient...

La servante apporte du jambon, du pain et une bouteille de vin. Puylieut regarde ces mets avec gourmandise. Langlaget l'invite à manger, ce qu'il fait en se modérant pour ne pas montrer son dénuement.

— Mais dites-moi, comment se fait-il que vous êtes dans cet accoutrement ?

Puylieut joue franc-jeu :

— Je n'ai plus rien. Pas un sou en poche. Il faut que je cherche du travail. Avec ma condamnation, je ne peux plus être commissaire de police.

Maurice Langlaget réfléchit un instant, puis dit de sa petite voix cassée de vieillard :

— Vous êtes ici chez vous. Je suis seul et j'ai peur la nuit. Vous ferez fuir la mort. J'avais une grosse clientèle qui ne m'a pas oublié. Enfin, je l'espère. Vous allez reprendre mon commerce de vins de Loire comme si vous étiez...

Il hésite un instant. Sur ses mains, de grosses veines bleues tremblent.

— Comme si vous étiez mon fils, précise-t-il. Vous y gagnerez plus que partout ailleurs.

Puis se tournant vers la bonne, il ajoute :

— Violaine, préparez un bain pour mon ami et vous lui donnerez des vêtements propres. Ceux que je portais autrefois lui iront parfaitement.

Puylieut a chaud au cœur.

— Je vous remercie, dit-il. Mais je ne peux pas...

— Surtout, faites-le, c'est moi qui vous en remercie.

À cet instant, alors que Puylieut se glisse dans l'eau tiède de son bain, au port marchand de Nantes, le navire *Le Paragos* accoste au quai en lâchant de puissants coups de corne pour faire ranger les embarcations qui gênent sa manœuvre. Le bâtiment, chargé de bois, de canne à sucre, de rhum de contrebande et de quelques voyageurs qui ont payé cher un passage discret, s'immobilise. Les matelots lancent les cordes d'amarrage. Deux semaines ont été nécessaires pour relier Saint-Laurent-de-Maroni en Guyane et le port nantais ; tous ont hâte de mettre pied à terre.

Quand le bateau est solidement attaché, une passerelle est approchée et l'équipage peut descendre. Pendant les trois jours d'escale, les marins vont pouvoir dépenser leur modeste solde dans les tripots et les bordels de la ville.

Un homme vêtu de sombre, le visage caché par une épaisse barbe blanche, s'éloigne d'eux en regardant autour de lui comme s'il redoutait qu'on le reconnaisse. Mais dans cette multitude pressée, personne ne fait attention à ce solitaire.

Il s'éloigne du port, cherche un taxi :

— À la gare ! dit-il au chauffeur.

Joseph Puylieut rejoint Maurice Langlaget qui l'attend pour boire le café au petit salon, où le vieillard passe la plus grande partie de ses journées. Le soleil, haut dans le ciel, illumine la Loire.

— La vie est une belle chose, constate Langlaget. Regardez cette campagne, le fleuve qui étincelle et l'été souverain. Je ne suis plus que spectateur, je me dis souvent qu'il faut mourir avant d'être trop vieux.

— Vous êtes encore en pleine forme ! fait Puylieut en souriant.

— Non. Je ne suis qu'une flamme qu'un courant d'air peut souffler, un regard sur le monde qui ne s'attache à rien, un étranger. Je suis déjà dans la tombe !

Violaine, la servante hommasse, apporte des gâteaux secs.

— Avez-vous réfléchi à ma proposition ? demande Langlaget.

— Oui. Je n'apprécie pas suffisamment le vin pour savoir le vendre. Je vais chercher un petit emploi à mon niveau.

— À ce propos, dit Langlaget, la Fabrique a bien repris du poil de la bête. Elle est devenue une des premières entreprises de la région.

— Ah bon ? dit Puylieut sans lever les yeux de sa tasse en porcelaine.

Une boule d'angoisse s'est formée dans sa poitrine et bloque sa respiration. Virginie a-t-elle fait la paix avec son cousin ? S'est-elle mariée ? Il redoute la vérité qui ne peut être que contre lui.

— Oui, poursuit le vieil homme. Les Meubles Tourangeaux ont repris l'affaire et l'ont remise à flot.

— Ce n'est donc pas Vincent Peyrignac qui la dirige ?

— Non, Vincent Peyrignac est devenu représentant en voitures. C'est le garage Renault en dessous de la gare. Il vit avec la patronne, une veuve, et s'en tire fort bien.

— Tant mieux pour lui ! répond Puylieut presque rassuré.

— C'est un certain Charles de Lignac qui dirige la Fabrique. Un très bel homme. On l'a vu dans tous les journaux en compagnie de Virginie Peyrignac.

— Quoi ?

Puylieut s'est dressé, dardant un regard fixe qui surprend Langlaget.

— Calmez-vous, Joseph. Cette fille vous a coûté assez cher. Ne pensez plus à elle, vous avez mieux à faire !

Puylieut se laisse tomber sur sa chaise, reste un long moment le regard perdu sur le courant du fleuve plein de soleil. Virginie a sûrement cédé au nouveau patron de la Fabrique, un « très bel homme » ! Elle a donc oublié le petit commissaire de police qui a payé sa légèreté de trois années de prison. Cela ne peut être autrement.

Il se dirige vers la porte. Langlaget s'étonne :

— Mais où allez-vous ?

Puylieut sort sans répondre, marche vers le portail de fer. Le bruit de ses chaussures sur le gravillon remplit son esprit. Il va, mû par une douleur profonde. Il prend au hasard la direction du centre-ville. Pourquoi est-il revenu à Tours ? Personne ne l'attendait, excepté un vieillard qui sent la mort.

Il traverse la ville comme un automate, arrive à la gare et poursuit son chemin jusqu'au garage Renault. Des voitures rutilantes sont exposées dans un hall, éclairées par des lampes disposées pour les mettre en valeur. Dans le garage, des mécaniciens s'affairent auprès de véhicules qui exhibent leurs entrailles de fer. Puylieut ralentit le pas. Son regard s'arrête sur un homme très élégant, la moustache gominée : Vincent Peyrignac qui bavarde avec des clients. Un sourire gracieux, de belles paroles et un certain sens du commerce ont permis au jeune homme de faire grandir une affaire qui lui va mieux que la Fabrique. Le fils naturel du Dr Betoule, que Martial Peyrignac méprisait, est à son aise au milieu des voitures. Vincent est un séducteur !

Puylieut rebrousse chemin, entre dans la gare, erre un moment dans la vaste salle où des groupes attendent leur train en jetant de brefs regards à l'horloge pendue au-dessus du panneau d'affichage. Un homme qui vient du quai attire son attention. Plutôt petit, mais massif, le front crevassé de profondes rides, le visage couvert d'une épaisse barbe blanche, il va d'un pas sûr. Ses yeux qui ne cillent pas s'arrêtent un long moment sur l'ancien commissaire.

Joseph Puylieut s'immobilise, troublé. Il reconnaît celui qu'il a arrêté trois années plus tôt et qui a été condamné à la prison à vie ; mais c'est impossible : Martial Peyrignac ne peut pas se trouver dans cette gare après être descendu, libre, d'un train.

L'Aurochs poursuit sa marche régulière en espérant que le petit commissaire n'a pas fait attention à lui. A-t-il réussi son évasion de l'île du Diable pour se trouver, dès son arrivée, en face du seul policier qui peut l'identifier malgré le masque de sa barbe ?

Puylieut se tourne vers la rue où le voyageur a disparu. Une question occupe tout son esprit : peut-il exister un autre homme avec cette attitude, cette force, ce regard fixe, un autre Martial Peyrignac ? Il sort de la gare. Le soleil lustre les toitures des petits immeubles voisins. Il recherche la silhouette parmi les passants, la rattrape et se place devant.

— Monsieur...

L'autre veut le contourner, mais Puylieut fait un pas de côté. Alors, le voyageur demande :

— Que me voulez-vous ?

Cette voix, Joseph Puylieut la reconnaîtrait entre toutes. Il n'y a que Martial Peyrignac pour parler ainsi, avec cette force et cette détermination qui, autrefois, paralysaient le jeune homme.

— Je ne suis plus commissaire de police. Je sors de prison.

Peyrignac regarde autour de lui. Il n'a pas oublié que Puylieut a pris sa défense au tribunal et choisit de lui faire confiance.

— Venez.

Sans rien ajouter, ils reprennent leur marche. Peyrignac va de son pas ferme. Ses années de détention ont glissé sur lui comme l'eau sur les plumes d'un canard. Il n'a rien perdu de son assurance, et Puylieut, qui le suit en retrait, se demande ce que le patron de la Fabrique vient faire ici, sinon révéler la vérité. Se venger ?

Ils tournent dans une ruelle ombragée qui monte entre de hauts murs. Sans hésiter, Peyrignac pousse une porte qui donne sur un couloir encombré de caisses. Une femme très fardée vient à sa rencontre.

— Je vous attendais. Venez. Notre ami a téléphoné. Votre chambre est prête. Je vous ai préparé à manger.

— Ajoutez une assiette ! dit Peyrignac.

Ils entrent dans un intérieur sombre. Une cheminée éteinte occupe un pan de mur. Une multitude de bibelots sont posés sur l'étagère, au-dessus du foyer. Des fauteuils se trouvent de chaque côté d'un placard en bois épais. Sur la table, au milieu de cette pièce aux papiers muraux délavés ornés de fleurs aux couleurs fades, une assiette, un verre, une bouteille de vin attendent le visiteur. La femme revient d'une autre pièce et dispose un deuxième couvert.

— Ce sera du civet de lapin, dit-elle d'une voix rauque.

Peyrignac pousse la chaise et invite Puylieut à s'asseoir en face de lui. Il prend place, se sert du bouillon. Puylieut fait de même, puis murmure un merci de petit garçon. Enfin, Peyrignac lève ses yeux noirs sur l'ancien commissaire qui aspire le liquide chaud du bout des lèvres.

— Le hasard m'étonne. Ne dites pas que...

Puylieut a le réflexe de répondre de la même manière.

— Le hasard ne fait pas tout, en effet !

— J'étais en Guyane, travailleur volontaire. Et puis me voilà.

Peyrignac se tait un long moment, cédant au doute. Les circonstances extraordinaires qui ont placé le commissaire déchu en face de lui le maintiennent sur ses gardes. Pourquoi lui a-t-il fait confiance ? Ne vient-il pas de se jeter dans la gueule du loup ? Toutes les polices sont à ses trousses. Il doit faire vite et aussi montrer sa détermination :

— Je suis revenu pour régler mon affaire. Ma vie n'a plus d'importance, elle est finie depuis longtemps. Je ne retournerai pas en prison.

Puylieut pense à Virginie. Une vive douleur incendie son corps, mais il n'en dit rien.

— Tout est prévu, ajoute l'évadé. Je suis revenu pour la vérité.

— Moi aussi. Et la providence veut que nous réussissions. Ce n'est pas le hasard qui nous a mis l'un en face de l'autre, mais une volonté supérieure.

— Puissiez-vous dire vrai ! Vous êtes libre ; moi, je dois me cacher, mais avec mes indications, vous pouvez conduire une nouvelle enquête. Vous n'apparaîtrez pas en personne. Vous trouverez des gens pour aller sur le terrain à votre place. Sept personnes, parmi lesquelles je me compte, peuvent avoir tué mon frère et Betoule. Vous allez conduire le coupable à se dénoncer lui-même. Quant à la Fabrique, son sort est réglé depuis longtemps !

Une question taraude Puylieut. Pourquoi Peyrignac n'a-t-il rien dit lors de l'enquête ? Sur ses indications, le jeune commissaire aurait pu faire éclater la vérité. Le condamné boit une gorgée de vin, grimace légèrement et précise :

— Cela ne se pouvait autrement. Les choses ne peuvent se faire quand ce n'est pas le moment.

Me Malgret relit la lettre d'invitation et reste longtemps perplexe. Le notaire a l'habitude des situations familiales bizarres et sait arranger les affaires d'argent mieux que quiconque dans l'intérêt de ses clients et surtout le sien. Ce petit homme rondouillard, aux favoris blancs malgré ses cheveux restés très noirs, n'ignore rien de ceux qui ont de la fortune. Il méprise souverainement le petit peuple et ses contrats de mariage qui se réduisent à l'énumération sordide de biens sans importance : une maison, un peu de terre, quelques bons du Trésor... Ce qu'il aime, c'est sonder les bourses des bourgeois, de ceux qui se plaignent toujours des mauvaises affaires et s'enrichissent à la barbe des autres. Charles de Lignac est de ceux-là, raison pour laquelle il ne peut pas traiter à la légère son invitation qui l'ennuie. En plus de son nom qui sonne si bien aux oreilles locales, M. de Lignac sait parfaitement mener son affaire, et la Fabrique a renoué avec les bénéfices. Son seul défaut, au beau patron de Maubade, c'est de laisser faire ses quatre volontés à sa femme, une certaine Jeanne Leblanc, fille d'un riche industriel d'Angers.

Mme de Lignac rassemble souvent la bonne société locale à Maubade pour des fêtes très critiquées dans la région. Ces soirées n'intéressent pas Me Malgret, mais, pour Charles de Lignac, il doit faire un effort, puisqu'il gère les bénéfices de la Fabrique sous la forme d'un portefeuille en Bourse. Et puis, il se doit de paraître devant ses clients importants.

— Quelle idée farfelue ! s'exclame-t-il à l'intention de son clerc, un jeune homme au regard malicieux. Un bal masqué ! On se demande un peu ce qui est passé par la tête de Jeanne de Lignac. Elle a toujours été fantasque, romanesque et étrange, mais tout de même !

— En quoi allez-vous vous déguiser ? demande le clerc avec un sourire moqueur.

— En quoi, en effet ? En ours brun, voilà, je vais me déguiser en ours brun, comme ça tout le monde me laissera tranquille dans mon coin. J'ai franchement horreur de ce genre d'exhibition.

— Mais personne ne vous oblige !

Me Malgret prend un air offusqué.

— Laurent, sache, jeune insolent, que si tu veux réussir dans ce métier, tu dois considérer que les gens fortunés peuvent t'obliger à faire ce qui te déplaît.

Les jours qui précèdent l'événement, on ne parle que de ce bal masqué dans toute la ville de Tours. Sur le marché, les commères en tirent la même conclusion :

— Ma pauvre, c'est cette Mme de Lignac qui

ne sait quoi inventer pour dépenser ! Vous voulez que je vous dise : la richesse fait ennuyer, et quand on s'ennuie, on n'est pas loin de mal faire.

— Ça, vous avez bien raison. Pourtant, sans être riche, avoir de quoi manger et habiller ses enfants n'est pas de trop. Le superflu des uns ferait le bonheur des autres !

À mesure que la date approche, Me Malgret s'assombrit. Sa femme a précisé qu'elle ne l'accompagnerait pas. Ainsi, outre le fait de devoir mentir pour ne pas vexer son gros client, doit-il supporter seul le ridicule qui va transformer, le temps d'une soirée, un notaire sérieux et très conservateur en un pantin à qui on peut dire n'importe quelles sottises.

— Avez-vous préparé la peau d'ours pour le bal masqué ? demande Laurent qui s'amuse beaucoup de la mauvaise humeur de son maître.

Le notaire se plante devant son jeune collaborateur, bien campé sur ses petites jambes. Son gros estomac tend le veston de velours.

— Laurent, si je t'entends encore parler du bal, je te fous dehors à coups de pied au cul !

Laurent sourit, peu effarouché par les propos de son patron. Il sait que Me Malgret crie fort, mais n'a aucune méchanceté. Ses menaces ne sont que l'expression de son exaspération.

— Un bal costumé ! s'exclame-t-il encore en levant les bras au ciel. A-t-on idée d'une telle sottise ! Au fond, c'est M. de Lignac qui va se marrer de voir les bons bourgeois ridicules à souhait. Il aime tant se moquer des autres !

— J'ai une idée, précise Laurent. Pourquoi ne

vous déguiseriez-vous pas en mendiant ? Ce serait pour vous un total dépaysement.

— Tu veux que je te dise, Laurent, poursuit Malgret, ce qui manque à Mme de Lignac, c'est un enfant. Voilà ce qui lui manque. Un enfant pour l'occuper. Au fait, que devient Virginie Peyrignac dans tout ça ?

— Elle occupe le poste de directrice adjointe de la Fabrique, mais tout le monde sait qu'elle ne décide de rien. Elle a loué une maison dans Maubade et vit très sagement. Ceux qui n'avaient pas de mots assez durs contre elle, au temps de son père, ne cessent de louer sa gentillesse et son dévouement.

Me Malgret prend un air incrédule.

— Vous n'allez pas me dire que c'est une sainte. Tenez, Laurent, quelque chose m'étonne : est-elle seule ? Pas la moindre relation, pas d'amant ? Cela m'étonne beaucoup.

— On ne lui connaît pas d'amant, en effet. On dit qu'elle a eu une aventure avec le commissaire qui a mené l'enquête sur les crimes...

— Une aventure ne conduit pas au sacrifice d'une vie. Qu'est-ce que vous me racontez ?

— Les gens disent qu'elle attend son commissaire qui est en prison à cause d'elle. On dit aussi qu'elle s'est beaucoup occupée de sa sœur, celle qu'on faisait passer pour folle.

— Ah ? Et qu'est-ce qu'elle est devenue, celle-là ?

— Elle est professeur au collège et elle s'est mariée avec un certain Alain Desmaisons. Le couple habite à Tours.

Me Malgret s'assoit à son bureau Empire, pose ses petits bras sur le cuir beige de l'écritoire, puis lève des yeux entendus sur son employé qui s'amuse beaucoup.

— Au fait, a-t-on des nouvelles de leur père ? Moi, je crois que Peyrignac était innocent. Cet homme était trop intègre pour commettre les crimes du Moulin des Louves.

— S'il était aussi innocent que vous le dites, pourquoi ne l'a-t-il pas proclamé haut et fort ? Son silence était évocateur.

— Laurent, tu raisonnes comme un homme du peuple animé par un esprit revanchard. Un des leurs réussit à se hisser au niveau de la meilleure bourgeoisie alors il faut l'abattre, car il dénonce la nullité générale !

La veille du jour fatidique, Me Malgret est franchement exécrable. Il a dit à Laurent qu'il allait se déguiser en ours brun, en fait il n'a aucune idée sur l'accoutrement de la soirée. Sa femme lui a suggéré le pantalon rouge et la chemise rayée des bagnards afin de se familiariser avec une tenue que l'honnêteté toute relative de ses placements financiers lui aurait value en d'autres temps, et il a explosé en lui disant qu'elle serait mieux inspirée de l'accompagner au lieu de faire de l'esprit.

Vers dix-huit heures, il se prépare à rentrer chez lui sans avoir trouvé la moindre idée et décide de jouer franc jeu. « Je vais me déguiser en Me Malgret. Je me moque de ce que pensera Jeanne de Lignac. Je ferai acte de présence et je filerai à l'anglaise. Ces réjouissances ne sont plus de mon âge. »

Un homme massif, le visage large, se présente à la porte de l'étude. Laurent vient en informer son patron.

— Un bien curieux client ! dit le jeune clerc. Une sorte de traîne-misère et, pourtant, tout son être dégage une force peu commune, une majesté qui en impose.

— Occupe-toi de lui ! fait Me Malgret qui ne reçoit que les clients importants, laissant les autres à son commis.

— C'est qu'il veut vous voir, vous en personne. Il insiste ! Je vous dis, il est bizarre !

— Bon, fais-le entrer dans mon bureau, cède Me Malgret, fataliste.

L'homme est entièrement vêtu de noir. Une épaisse barbe blanche cache son visage. Me Malgret pense à une silhouette connue et se dit que c'est impossible.

— Maître, dit le visiteur, je suis un repris de justice, un condamné à perpétuité qui s'est évadé.

La pensée de la soirée déguisée quitte le notaire.

— Je vous demande la plus grande discrétion. J'ai chez vous une somme d'argent, déposée avant ma condamnation. Je suppose que vous vous souvenez...

— Oui, oui ! fait Me Malgret qui ne réussit pas à garder son calme, indispensable en pareille situation.

— Je suis Martial Peyrignac.

— Je sais. Vous n'avez pas changé.

— Je vous demande de ne pas avertir la police

de ma visite. Demain, cela n'aura plus d'importance.

— Ah bon ? Mais pourquoi donc ?

— Parce que je vais mourir !

Malgret va de surprise en surprise. Dans son métier, il a été confronté à des tas de situations, jamais il n'a eu dans son bureau un condamné à perpétuité dont il gère les anciennes économies oubliées par les créanciers de la Fabrique.

— Je suis recherché par toutes les polices, poursuit Martial Peyrignac. Vous pouvez me dénoncer, mais vous ne serez pas insensible au don que je vous fais : l'argent que j'ai chez vous vous revient pour une moitié ; l'autre, j'en ai besoin immédiatement, et en liquide. Je vous fais confiance.

Le notaire se ressaisit, ouvre une armoire et cherche dans ses dossiers.

— C'est ici, dit-il en ouvrant une chemise de carton. Voilà, vous m'aviez confié deux millions de francs trois jours avant votre arrestation. Je dois vous dire que cela m'a toujours semblé très étrange et que je ne comprends toujours pas. Saviez-vous que vous seriez condamné ?

— Bien sûr. Cet argent ne devait pas se voir.

— Mais alors, la liasse de billets avec son ruban bleu montrée lors du procès comme preuve de votre culpabilité, d'où provenait-elle ?

— Je n'en sais rien. Quelqu'un avait dû la placer dans ma bibliothèque pour m'accuser.

Me Malgret doute alors de l'innocence de Peyrignac.

— Je ne suis pas policier, dit le notaire. Vous

m'avez remis cette somme d'argent, je ne vous ai pas posé de questions et je ne vous en pose toujours pas. Je l'ai fait fructifier, car c'est mon travail. Les bons placements que j'ai faits vous mettent à la tête de trois millions de francs. Une jolie somme !

— Certes ! Donc, pour votre peine, vous en prenez la moitié ; le reste, vous me le donnez car j'en ai un besoin urgent.

— C'est que... fait le notaire, de plus en plus étonné par l'attitude de Peyrignac. Il faut que je passe à la banque. Je ne dispose pas d'une telle somme ici. Vous savez combien les voleurs sont audacieux.

— Je peux attendre.

Le notaire se lève de son bureau, perplexe. Que va-t-il faire ? Chercher la somme demandée ou avertir la police ? Peyrignac prend les devants :

— En prison, on apprend les méthodes des voyous, et je n'ai pas été mauvais élève. Donc, ne perdez surtout pas votre sang-froid. Si vos pas vous conduisaient ailleurs qu'à la banque, sachez que des hommes à moi, qui vous surveilleront dans la rue, vous remettront sur le bon chemin.

Malgret fait mine de s'offusquer :

— Vous n'avez pas une grande confiance en moi ! Sachez que le service du client est sacré dans mon étude.

— Pardonnez-moi. J'ai pris la mauvaise habitude de me méfier de tout le monde.

Le notaire n'est pas absent bien longtemps, la banque étant en face de son étude. Martial Peyrignac met la liasse de billets dans son sac et se dirige vers la porte. Me Malgret l'accompagne Le condamné s'arrête sur le pas de la porte :

— Vous allez à la soirée de la Fabrique dont tout le monde parle ? demande-t-il.

— Oui, bredouille le notaire. J'ai reçu une invitation.

Peyrignac fait un pas vers l'extérieur, descend une marche, se tourne de nouveau.

— Vous allez beaucoup vous amuser !

Il s'éloigne rapidement. Le notaire se demande ce que signifie cette dernière parole. Il y a senti une menace et se dit qu'un homme comme Peyrignac est capable de toutes les extrémités. La perspective d'un drame l'angoisse. Si le condamné en cavale lui a annoncé sa mort pour les prochaines heures, n'est-ce pas qu'il souhaite s'y rendre pour régler ses comptes ?

— Tu veux que je te dise ? fait le notaire à Laurent qui le regarde avec un air amusé. Ce type a bien trompé son monde. Maintenant, je sais qu'il est coupable.

— Vous dites cela à cause de la somme d'argent qu'il vous a remise il y a trois ans ? Dans ce cas, vous êtes son complice en n'ayant pas dévoilé à la police une preuve aussi concrète.

Le notaire bondit, se dresse en face de son employé.

— Qu'est-ce que tu racontes ? Je suis notaire, tenu par le secret professionnel. Et puis rien ne prouve que cette somme provienne de la victime.

— D'où voulez-vous qu'elle vienne ? La Fabrique était en cessation de paiement !

— Je ne sais pas, moi. Comme l'usine était au

bord de la faillite, il a pu se débrouiller pour négocier des affaires de la main à la main. C'est une pratique courante : quand une usine va fermer, les patrons se débrouillent pour en tirer le maximum qui n'apparaisse pas dans les comptes.

— Voilà de beaux exemples d'honnêteté !

— Tiens, dit le notaire qui repense tout à coup à la soirée des Lignac, tu vas me représenter. Tu diras que j'ai une mauvaise crise de rhumatismes et tu iras danser avec les belles dames de la bonne société.

— Ce serait avec grand plaisir, répond Laurent, mais ma femme, car n'oubliez pas que je suis marié depuis deux mois, ne me laissera pas sortir.

Le notaire lève les bras au ciel, exaspéré par la faiblesse des jeunes maris devant leur épouse.

À mesure que l'heure de partir à Maubade approche, Joseph Puylieut se sent fébrile. Le grand moment est arrivé. Depuis près de trois semaines, il multiplie les contacts, paie des gens qui vont poser des questions aux habitants de Maubade et aux suspects. Martial Peyrignac a dirigé ses recherches en lui révélant ce qu'il avait refusé de lui dire trois ans plus tôt. L'ancien commissaire de police est certain de faire éclater la vérité ; l'innocence de Peyrignac le réhabilitera, rachètera le faux pas payé si cher et lui permettra surtout de retrouver Virginie, qui ne l'a peut-être pas oublié puisqu'elle continue de vivre seule. Malgré la tentation de chaque instant, il s'est astreint à ne pas la revoir pour ne pas risquer de compromettre le coup de théâtre qui doit contraindre le coupable à se dénoncer.

— Ce n'est pas pour moi que vous faites cela, précise Martial Peyrignac qui se cache toujours chez Julie, ne sortant pratiquement jamais. Ma vie est finie et ils ne me reprendront pas. C'est pour l'honneur !

Le jour du bal masqué, tout est en place pour un coup d'éclat. Martial Peyrignac est parti en tout début d'après-midi. Puylieut redoute qu'il ne se fasse prendre au dernier moment, mais l'Aurochs a tout prévu.

— Soyez tranquille, ils ne m'auront pas !

À l'heure convenue, l'ancien commissaire se rend à Maubade dans une voiture louée la veille. La nuit est tombée. Fébrile, la bouche sèche, il passe le portail de la propriété. De puissantes lampes illuminent le parc et la Fabrique. Des employés font garer les véhicules dans une prairie attenante, car la place va manquer. Des groupes d'invités marchent dans l'allée. Des femmes en atours d'un autre temps ou le visage caché par un loup, des hommes aux vêtements bigarrés et dont certains sont vêtus à la mode Renaissance, montrant leur tête rouge au cœur d'une large fraise blanche épanouie comme une marguerite, donnent à ce lieu consacré au façonnage du bois l'aspect irréel d'un conte de fées. Les masques en carton-pâte qui représentent soit un animal, soit une caricature joviale au rire figé, les expressions béates et immobiles ajoutent à la féerie de l'endroit quelque chose de tragique et de résigné. Joseph Puylieut, déguisé en clown échevelé aux grosses lèvres blanches, n'est pas inquiété et peut se faufiler entre les invités.

À l'intérieur de la maison, la vaste salle à manger a été vidée de ses meubles. Des tables disposées dans les coins regorgent de victuailles, tranches de pain, charcuteries, fruits. Plusieurs tonneaux de vin sont disposés sur une large étagère. Des serveurs, tous vêtus de la même manière – garçons au large chapeau noir, blouse bleue des pastoureaux, filles en bergères portant quenouille attachée à la taille – proposent des plateaux de petites pâtisseries à base de viande. Sur une estrade, les violons s'accordent, car Mme de Lignac a tenu à avoir un véritable orchestre.

Joseph Puylieut va de groupe en groupe, le cœur battant, cherchant derrière les masques des visages connus, s'attardant sur une silhouette qu'il croit reconnaître. Il parcourt plusieurs fois la salle, quand il s'arrête devant un homme d'assez petite taille, mais large d'épaules. Sa tête disparaît sous une cagoule rouge agrémentée de fleurs blanches. « Un bourreau, dit une dame à côté de Puylieut. Quelle idée originale, mais enfin il a su ajouter des fleurs pour montrer que ce n'était qu'un jeu ! »

Des groupes se sont formés ; un verre à la main, les convives bavardent, rient. Virginie va des uns aux autres. Un léger loup cache ses yeux. Puylieut l'observe, s'enivre de sa présence, mais reste en retrait comme le lui a demandé Peyrignac.

— Que la fête commence ! s'écrie joyeusement le grand Charles de Lignac en faisant signe aux musiciens.

La musique couvre le brouhaha des conversations. Des couples se mettent à tourner au centre de la pièce. Puylieut ne résiste pas à la pulsion soudaine qui le pousse à s'approcher de Virginie. Il l'invite à danser, la prend dans ses bras. Un curieux trouble s'empare d'elle.

— Avec ces masques, dit-elle, on ne sait plus

avec qui on est ! Monsieur, il me semble vous connaître.

Puylieut ne répond pas. Le bourreau aux fleurs blanches passe près de lui et le bouscule pour lui rappeler sa mission. L'heure de vérité est arrivée. Une violente douleur broie les entrailles de l'ancien commissaire. Lui qui a eu l'aplomb de défier le tribunal d'assises, manque de force pour jouer le dernier épisode, celui qui va enfin lui donner raison. Sans un mot, il se sépare de sa cavalière, rejoint Peyrignac près de l'estrade où, enfin, il monte. Surpris, les musiciens s'arrêtent de jouer, les serveurs s'immobilisent, leur plateau à la main, les couples cessent de tourner. Virginie, seule au milieu de la piste, est prise d'un pressentiment.

— Écoutez-moi tous ! dit enfin Puylieut.

M. et Mme de Lignac rient, croyant à une surprise préparée par les musiciens.

— Accordez-moi un peu d'attention, demande le clown aux grosses lèvres blanches. Vous vous souvenez tous du double crime de Maubade. Deux hommes abattus d'une balle dans le dos au Moulin des Louves, Louis Peyrignac et le maire de Maubade, Léon Betoule. La justice a condamné Martial Peyrignac à la prison à perpétuité. Était-il coupable ? Un petit commissaire de police, que l'on a traîné dans la boue, a osé crier face au tribunal son intime conviction sur l'innocence de Peyrignac. Personne ne l'a écouté ; ce soir, nous allons savoir s'il avait raison. Le meurtrier est parmi nous. Alors, que la fête commence !

— Joseph Puylieut ! murmure Virginie qui sent le sol se dérober sous ses pieds.

Les invités, apeurés, se tassent près de la porte pour sortir. Charles de Lignac comprend qu'il est temps d'agir et veut chasser l'homme :

— Appelez les gendarmes ! ordonne-t-il en se tournant vers les serveurs.

— Personne n'appelle les gendarmes, crie le bourreau aux fleurs blanches. La Fabrique est pleine d'explosifs. Au moindre écart, tout saute ! Quand nous sortirons d'ici, l'affaire Maubade aura enfin trouvé sa solution. Soyez calmes, tout se passera bien. Les invités qui n'ont rien à voir avec le double crime sont priés de sortir.

— C'est Martial Peyrignac ! s'étonne quelqu'un. Qu'est-ce qu'il fait ici ?

Un mouvement de panique suit cette affirmation. Les gens se bousculent à la porte pour s'échapper. Le grand Charles de Lignac s'approche courageusement de l'estrade d'où les musiciens sont descendus. Sa femme le tire par la manche pour qu'il se mette à l'abri.

Virginie retrouve vite son aplomb. Elle aussi souhaite que cette affaire qui la tient en retrait soit enfin résolue. Elle se place devant le couple de Lignac :

— Laissez ! Cela ne vous concerne pas.

— Mais enfin, Virginie, s'écrie Charles de Lignac, ce sont mes invités qui...

— Nous sommes ici chez nous, hurle Jeanne de Lignac en se plaçant devant son époux. Mademoiselle Peyrignac, je vous ordonne de sortir !

— Jeanne, ne te mêle pas de ça ! dit Charles.

— C'est ça ! Prends la défense de cette fille ! Je

t'avais dit qu'il fallait s'en débarrasser et tu ne m'as pas écoutée. Peux-tu me dire pourquoi ?

— Jeanne, garde ton calme !

Martial Peyrignac pointe son pistolet sur Jeanne et Charles de Lignac.

— Je vous prie de sortir immédiatement tous les deux.

Une autre femme s'est approchée de Virginie. Elle est un peu plus grande ; son visage est caché par le voile des femmes musulmanes qui ne laisse voir que ses yeux noirs.

— Je suis avec toi, dit Élisabeth à sa sœur.

À la porte, Martial Peyrignac, qui a enlevé sa cagoule de bourreau, surveille les invités qui sortent. Des visages apeurés se tournent vers celui qui a été tant respecté et que toutes les polices recherchent. Les masques des uns et des autres ne l'empêchent pas de reconnaître ceux qui doivent rester. En les menaçant avec son pistolet, il les oblige à se placer en retrait. Charles de Lignac les rejoint.

— Cette affaire doit se passer entre les seuls intéressés, dit Peyrignac à Charles de Lignac. Je vous prie d'occuper vos amis à l'extérieur. L'intermède sera de courte durée. Rappelez-vous : à la moindre intervention des gendarmes, tout saute !

Dans le parc, les gens commentent l'événement. Ils n'ont plus peur : ce n'est pas une prise d'otages crapuleuse, mais un règlement de comptes qui ne les concerne pas. Simples témoins, beaucoup se rangent du côté du condamné.

Un fourgon de gendarmerie arrive. Charles de Lignac s'en prend au brigadier :

— Qui vous a fait signe ?

— Nous étions à proximité quand nous avons vu sortir les gens. Que se passe-t-il ?

— Rien, ne vous mêlez pas de ça ! À l'intérieur se trouve un dangereux criminel, l'ancien patron de la Fabrique, avec des otages.

Le brigadier, petit homme rondouillard à la moustache hérissée, tourne vers son collègue un regard entendu. Ce matin, un homme qui n'a pas voulu donner son identité est venu le voir pour lui signaler la présence de Martial Peyrignac à Tours, et il ne l'a pas cru. C'était donc vrai et la chance lui permet de capturer celui que toutes les polices recherchent ! Aussi, sans tenir compte de ce que lui a dit Charles de Lignac, il ordonne à ses hommes de prendre place autour du bâtiment pour un assaut en règle.

— Je vous dis que des innocents sont à l'intérieur, s'interpose le patron de la Fabrique. Le forcené est armé et il menace de tout faire sauter. Évitez surtout de le brusquer, de risquer un bain de sang.

— Je vais faire mon travail. Je vous prie de vous tenir en retrait et de demander à vos invités de rentrer chez eux, réplique le brigadier. Moins nous serons nombreux, mieux ce sera.

Puis se tournant vers ses hommes :

— Préparez-vous ! Il existe une autre entrée côté usine. Il ne nous échappera pas, mais je dois lui parler pour éviter tout dérapage.

À l'intérieur de la grande salle vide, serrées près des tables lourdes de victuailles, les personnes retenues par Peyrignac n'ont pas eu le réflexe d'ôter leur masque. Deux personnes gardent la tête nue, mais leur accoutrement de serveurs semble un déguisement tant on a l'habitude de les voir vêtus autrement : Roger et Marguerite Martin, qui s'occupent du service. Marguerite garde un visage sévère, son mouchoir blanc sous le nez. Martin, sec, osseux, ne remplit pas son costume. Les manches de la veste couvrent ses mains, les épaules tombent. Il darde sur Peyrignac un regard sombre sous ses longs sourcils gris. À côté de lui, Alain Betoule, le nouveau maire de Maubade, aussi imposant que son père, regarde autour de lui comme pour prendre les autres à témoin : il n'a rien à faire dans ce règlement de comptes. C'est une erreur.

Peyrignac tient son pistolet braqué sur le groupe. Des regards suppliants se tournent vers Puylieut qui ne les voit pas. Lui n'a aucune arme, seulement ses arguments pour confondre le meurtrier.

— Joseph, murmure une voix. Comme je te retrouve !

Le jeune homme fait semblant de ne pas avoir entendu.

— M. Puylieut mis à part, nous sommes sept personnes enfin réunies, six innocents, et un coupable ! dit Peyrignac. C'est celui-là que nous allons remettre à la police. M. Puylieut, à vous de parler.

Joseph inspire profondément. Les mots lui manquent tout à coup et il ne sait pas par où commencer.

— Bien. Tous ici présents aviez de bonnes raisons de tuer Louis Peyrignac et Léon Betoule, je dis bien : tous !

— Qu'est-ce que vous racontez là ? s'insurge Alain Betoule, vous allez dire que j'avais de bonnes raisons de tuer mon père ?

— Nous n'allons pas commencer par vous, fait Puylieut qui retrouve son aplomb. Le temps presse, car cette maison va brûler. Il faut donc éviter de parlementer si l'on veut sortir vivants d'ici. Nous allons commencer par celui qui a été condamné, car après tout, il peut aussi être coupable.

— La Fabrique était à l'agonie, reprend Martial Peyrignac. J'en voulais à mon frère et à Jean Betoule d'avoir gardé les dollars de la caisse parachutée sur le mont Luret. J'aurais pu écrire, comme cela a été dit, à Louis pour lui réclamer de l'argent et le supprimer. La preuve ? La somme de deux millions de francs que j'ai déposée discrètement chez Me Malgret, le lendemain du crime. J'aurais ensuite supprimé Betoule pour éviter qu'il ne parle. Cela se tient. Mais en réalité, cet argent provient d'une transaction discrète avec un client qui désirait se procurer une partie du stock de l'usine à vil prix. M. Puylieut possède la preuve de ce que je dis : un reçu du vendeur.

— Il reste les deux balles de votre revolver qui ont bien tué votre frère et le docteur Betoule, mais quelqu'un d'autre tenait l'arme, ajoute Puylieut.

— Il reste aussi la liasse de billets avec un ruban bleu trouvé dans votre bibliothèque !

— Celle-là, je ne sais pas d'où elle vient. C'est sûrement le coupable qui l'a placée là pour me faire condamner.

Puylieut inspire et s'approche d'Élisabeth.

— Passons à la suite. Madame Desmaisons, vous vous êtes accusée du meurtre de Louis Peyrignac. Vous avez fourni une preuve en indiquant la balle manquante dans le revolver de votre père. Vous vous êtes ensuite accusée du meurtre de Léon Betoule. Personne ne vous a écoutée et pourtant vous aviez tant de haine en vous que vous avez pu tuer, comme par jeu, pour faire accuser votre père que vous détestiez.

— Mais qu'est-ce que vous racontez ?

— La vérité. Je ne dis pas que vous êtes coupable, mais vous faites partie des suspects. Et maintenant, votre sœur.

La gorge nouée, Puylieut poursuit d'une voix altérée :

— Virginie – il hésite à la tutoyer – votre père ne vous refusait rien. Mais l'argent allait manquer, cela, vous le saviez. Rien ne vous empêchait d'écrire à votre oncle qui cherchait à se réconcilier avec son frère. Vous avez donc pu le faire venir au Moulin des Louves, le tuer et lui voler l'argent qu'il apportait.

— Ah bon ? Et l'argent trouvé dans ma bibliothèque, d'où venait-il ? demande Peyrignac.

— Personne ne sait combien Louis avait sur lui. Une partie de la somme a pu être prélevée sans que personne n'en sache rien.

— Joseph, murmure Virginie. Comment peux-tu dire cela, toi ?

— Je le dis parce que c'est du domaine du possible et nous devons envisager toutes les éventualités, poursuit Puylieut sans se démonter. Je me suis alors demandé pourquoi vous auriez tué Betoule. Tout simplement parce qu'il était au courant et que ce deuxième crime vous disculpait, faisant porter les torts sur quelqu'un d'autre, votre père en l'occurrence.

— Je t'interdis de dire cela ! s'écrie Virginie en se précipitant contre le jeune homme et en le martelant de ses petits poings. C'est avec ces paroles que tu me retrouves, moi qui t'ai attendu chaque jour pendant ces trois ans !

Puylieut lui murmure à l'oreille :

— Reste calme. Tout ceci est destiné à confondre le coupable. Tu n'as rien à craindre.

— Poursuivez, fit Peyrignac, impatient, en agitant son pistolet.

Puylieut se place entre Roger Martin et Marguerite, qui continue de se tapoter le bout du nez avec son mouchoir blanc.

— Les Martin, maintenant. Ce que personne ne sait et que j'ai appris récemment, c'est qu'un troisième homme était présent lors du parachutage de la caisse de billets sur le mont Luret, et cet homme, c'était vous, monsieur Martin, vous qui connaissiez le coin comme un braconnier peut le connaître. C'est vous qui avez permis à Louis et Léon de prendre l'argent et de le cacher sûrement. Quand le moment du partage est venu, ils vous ont simplement oublié. Je comprends que vous ayez eu envie de les tuer.

— Ce n'est pas vrai, dit Marguerite Martin. Roger n'a jamais tué personne.

— Et c'est vous, Marguerite Martin, qui lui avez fourni un alibi quand je suis venu l'interroger lors de l'enquête.

— Suffit, s'écrie Alain Betoule. Je ne supporterai pas plus longtemps ce déballage qui noircit la mémoire de mon père.

— Reste à ta place, tonne Peyrignac, ton tour arrive.

— Il arrive en effet, reprend Puylieut, mais avant, parlons de Vincent, le beau Vincent Peyrignac. Voilà un magnifique coupable avec tous les arguments pour tuer. Il en veut mortellement à son oncle et monte cette affaire. Il prend le revolver dans le bureau. Et vous savez pourquoi il a pu tuer Louis Peyrignac et Léon Betoule ? Parce qu'ils ont participé à l'exécution de Marie, sa mère, arrêtée par la Gestapo. Et aussi parce que Léon Betoule est son père !

Vincent Peyrignac jette violemment son masque, montrant un visage blême. Il inspire pour parler, mais la voix du brigadier portée par un haut-parleur fait vibrer les vitres de la fenêtre proche.

— Peyrignac, je sais que vous êtes là. Libérez vos otages et sortez. Mes hommes sont prêts à intervenir.

Peyrignac se dirige lentement vers la fenêtre qu'il entrouvre et, restant en retrait, crie :

— Retenez vos hommes, sinon je ne réponds pas de la vie de mes otages. La maison est minée. Si vous intervenez, tout sautera.

Puis se tournant vers Puylieut, il ajoute :

— Poursuivez !

— Passons à Alain Betoule, le dernier coupable possible... fait Puylieut d'une voix qui tremble.

— Qu'est-ce que vous racontez ? Je n'ai rien à voir avec cette histoire de famille ! s'écrie Betoule.

— Bien sûr que si ! Vous saviez que votre père, pris de regrets, voulait reconnaître Vincent Peyrignac comme son fils et se racheter en l'inscrivant sur son testament comme héritier à part entière. Cela revenait à partager en deux la fortune du bon docteur. Voilà une raison pour le haïr et souhaiter sa mort avant qu'il ne fasse son testament. L'occasion vous a été offerte quand Louis Peyrignac a écrit à votre père.

Alain Betoule explose :

— Ce que vous dites est inqualifiable ! Vous m'en répondrez devant un tribunal ! Maintenant j'ai assez entendu de monstruosités. Je m'en vais !

— Non, tu ne t'en vas pas ! crie Martial Peyrignac en brandissant son arme sous le nez du jeune homme. Où étais-tu la nuit où mon frère a été tué au Moulin des Louves ? Et la nuit suivante ? Personne ne te l'a demandé et pourtant tu n'étais pas chez toi !

Alain Betoule a un léger sourire.

— En effet, j'étais avec une dame dont le mari travaillait la nuit. Je suis rentré vers quatre heures les deux fois.

— Et tu es passé au Moulin des Louves à l'heure des crimes. Tu as donc vu le meurtrier ?

Betoule se tait un instant, regarde la porte, et la fenêtre restée entrouverte.

— Non, je n'ai vu personne.

— Tu mens. Moi, je t'ai vu ! Tu t'es enfui dans le bois. Je t'ai couru après, mais tu m'as échappé.

— En effet, je ne voulais pas qu'on me surprenne là à cette heure.

Les doigts de Peyrignac se crispent sur la crosse du pistolet.

— Faisons vite ! dit-il en consultant sa montre. Nous avons assez perdu de temps et il reste exactement six minutes avant que la première bombe explose. Il est temps que le coupable se dénonce si vous voulez sortir vivant d'ici.

Le silence retombe, entrecoupé par des voix à l'extérieur.

— Papa, laisse sortir tout le monde ! s'écrie Élisabeth. Tu n'as pas le droit de mettre ces vies en danger.

— Le coupable ici présent ne s'est pas beaucoup préoccupé de la mienne et de mon déshonneur.

— Joseph, fais quelque chose ! demande alors Virginie d'une voix suppliante.

— Je ne peux rien faire. Ce n'est pas moi qui tiens l'arme.

— Bon, allez, ça suffit ! s'écrie Vincent Peyrignac, dites que c'est moi le coupable et laissez sortir tout le monde.

— Figure-toi que le coupable, nous le connaissons, répond Martial Peyrignac, et nous attendons qu'il se dénonce. Tu avais de bons arguments pour tuer, mais tu es trop lâche. Ce n'est pas toi.

— Bon, puisque vous le connaissez, crie Betoule, dites-le et qu'on en finisse.

— Il ne reste plus que quatre minutes !

Un grand bruit vient des cuisines. Un craquement de porte qu'on enfonce. Peyrignac se tourne vivement ; des gendarmes arrivent du couloir tandis que d'autres sautent par la fenêtre restée ouverte.

— On a assez joué ! hurle le brigadier. Peyrignac, vous êtes pris, rendez-vous !

D'un geste vif, Martial Peyrignac retourne son pistolet, pose la pointe du canon sur sa tempe. Le coup part. Élisabeth pousse un cri en se précipitant vers son père qui tombe au sol.

— Tout le monde dehors ! hurle Puylieut. Ça va sauter d'un instant à l'autre.

Tous se précipitent vers la porte. Élisabeth s'accroche à son père. Les gendarmes l'aident à sortir le corps de l'agonisant qui perd beaucoup de sang.

Aussitôt, un bruit sourd, un grondement souffle les ateliers, suivi d'une explosion dans le grenier de la maison qui éventre la toiture. La terre tremble. Des morceaux de plâtre, des tuiles, des poutres volent dans les airs avant de s'abattre dans le parc. La panique s'empare des curieux qui courent en poussant des cris perçants. De hautes flammes embrasent le ciel. Le feu, démarré au grenier de la maison, dévore la charpente, qui s'affaisse.

Les villageois accourus aux premières lueurs de l'incendie regardent, hébétés, s'effondrer leur usine. Les gendarmes s'affairent autour des invités, dont beaucoup n'ont pas retiré leur masque de fête et errent dans le parc autour des gravats. Personne n'a été gravement blessé, une chance !

Élisabeth et Virginie se tiennent près de leur père que les gendarmes transportent dans leur fourgon pour le conduire à l'hôpital. Ils le posent sur le plancher, quand il ouvre les yeux.

— Messieurs, dit-il, à l'heure de risquer l'enfer par un mensonge, je jure que je suis innocent des deux crimes dont on m'a accusé !

Ce sont ses derniers mots. Il pousse un gros soupir et son corps s'affaisse, vidé de cette énorme force de vie qui l'a protégé des maladies tropicales.

Puylieut s'est approché. Élisabeth sanglote, soutenue par son mari. Près d'elle, Virginie s'écrie en se tournant vers Puylieut :

— Il y a donc un salaud parmi nous.

Alain Betoule et Vincent Peyrignac sont là. Tous les regards se tournent vers Roger et Marguerite Martin.

— Alors, tu vas le dénoncer, ce salaud ! enchaîne Virginie.

— Pas si vite !

Quand les pompiers arrivent, il ne reste plus grand-chose de la Fabrique. Le capitaine se fait expliquer ce qui s'est passé. La vitesse avec laquelle l'incendie s'est généralisé indique que des bombes ont été judicieusement placées à plusieurs endroits, provoquant des départs de feux simultanés.

Les convives se serrent les uns près des autres dans cette cour éclairée par la lueur sinistre de l'incendie. Leurs masques grotesques les font ressembler à des personnages de contes rassemblés sans raison par une méchante fée.

L'incendie de la Fabrique est largement commenté. *Ouest-France,* sous le titre « Une région sinistrée », mesure l'importance de ce drame qui emporte la plus belle réalisation locale et revient sur la malédiction du Moulin des Louves : *Le dernier meunier, agonisant sous les crocs des louves, se serait écrié : « Personne n'est venu me porter secours, alors ma vengeance s'abattra sur Maubade la maudite ! » Ce n'était peut-être pas qu'une légende ! France-Soir* parle du désespoir meurtrier d'un homme victime d'une erreur judiciaire : *Peyrignac était peut-être innocent,* précise le journaliste en mettant l'accent sur la rapidité du jugement qui laissait bien des questions en suspens, *mais la manière dont il s'est vengé a montré ce dont il était capable.* Les journaux parlent aussi abondamment de Joseph Puylieut, de son courage lors du procès, en ayant osé crier l'innocence du prévenu. *L'Administration a bien été sévère avec un homme de cette qualité en l'emprisonnant pendant trois années pour une broutille,* peut-on lire dans *L'Aurore. Mais alors qui est le double meurtrier du Moulin des Louves ?*

La question reste entière. Puylieut est convoqué par le préfet qui lui demande de s'expliquer sur sa nouvelle extravagance.

— Vous êtes allé trop loin pour vous taire. Puisque vous connaissez le meurtrier, parlez et donnez des preuves. Cette histoire nous a assez empoisonné la vie. Il est temps de la clore définitivement.

— Le meurtrier a découpé un trou dans le

grillage de la clôture autour de la Fabrique. Je l'ai découvert tout à fait par hasard. Et figurez-vous que cet homme pouvait ainsi entrer et sortir à volonté sans être vu. Cela exclurait plusieurs coupables en faisant du criminel qui est venu chercher le pistolet de Peyrignac dans le tiroir de son bureau un étranger à la Fabrique. Mais on peut imaginer que ce soit aussi une manière de faire diversion.

— Venons-en aux faits.

— Il se trouve aussi que le meurtrier qui passait par cette ouverture a perdu la pince dont il s'est servi, cette pince qui a été retrouvée la semaine dernière, sous les feuilles. À croire que la Providence guidait mes pas puisque j'ai trébuché et que ma semelle a déterré l'objet que je n'avais pas vu trois ans plus tôt. Elle était un peu rouillée, mais bien conservée.

— Faites vite. À qui était cet outil ?

— Je l'ai rapportée à Maubade. Son propriétaire l'a reconnue.

— Qui est-il ? Nous allons donc le faire convoquer par la police.

— Il existe un deuxième détail dont personne n'a parlé. Peyrignac, intrigué par le meurtre de son frère, s'est rendu au Moulin des Louves le matin où Betoule a été assassiné. Il a vu quelqu'un qui s'est enfui et il a cru le reconnaître, mais comme cela lui semblait impossible, il n'a rien dit. D'ailleurs, le fugitif avait un alibi : il visitait une femme dont le mari travaillait de nuit.

— Allez-vous me dire qui c'est ?

— J'ai pu lui parler discrètement l'autre jour. Il a nié.

— Mais il va s'enfuir ! tonne le préfet qui ne supporte pas les louvoiements de Puylieut.

— Désormais, Peyrignac est mort et cela ne changera pas grand-chose. L'homme dont je vous parle n'est probablement qu'un nouvel accusé possible que le véritable criminel nous propose, car j'en suis sûr, ce criminel nous a dupés depuis le début.

À Maubade, la destruction de la Fabrique a semé la stupeur. Le bistrot de Marthe reste désert Les syndicalistes qui n'ont plus de revendications à faire valoir se rassemblent autour d'un Grangean muet. Lui qui, d'ordinaire, sait trouver les mots et les formules capables de convaincre, ne fait aucun commentaire. Que vont-ils devenir, ces ouvriers qui ont condamné le patron trop autoritaire ? Ils s'étaient crus forts et à l'abri des risques dans une commune dont la richesse ne devait rien à sa terre trop maigre. Cet atout plaçait Maubade au premier rang dans son canton et lui permettait de rivaliser avec des agglomérations beaucoup plus importantes.

Dans la rue, les gens se croisent sans un mot, la tête baissée. Parfois, les regards se tournent vers les ruines fumantes, les murs calcinés de l'usine et de la grande maison du maître. Comment a-t-on pu en arriver là ? Pour ne pas se sentir coupables, ils accusent la fatalité :

— Sait-on vraiment ce qui s'est passé au bord

de l'Indrois ? Pourquoi ces deux louves s'en sont-elles prises au meunier ?

— C'est toute une histoire. Le meunier avait, paraît-il, un ami qui lui en voulait d'avoir épousé la femme qu'il convoitait. Et cet ami était un dresseur de loups !

Ce que l'on ne se dit plus à haute voix en se croisant dans la rue entre l'épicerie et le boulanger se dit autrement, d'une manière sournoise pour montrer du doigt le coupable, puisqu'il faut bien en trouver un. La lâcheté de chacun face au patron de la Fabrique remonte en surface pour déverser son fiel sur ceux qu'il a désignés lors du bal masqué.

L'enterrement de Martial Peyrignac a lieu trois jours après l'incendie, quand la police rend son corps à ses filles. Il n'est venu à l'idée de personne qu'il pourrait être enterré ailleurs que dans le modeste caveau des Peyrignac sur le flanc sud de la colline, là où tous les Maubadois ont leurs défunts.

Le curé Breton a beaucoup vieilli en trois ans. Il marche difficilement et la mort de son âne le confine dans son presbytère qu'il ne quitte plus. Il est devenu sourd et hurle ses sermons aux rares fidèles qui assistent à ses offices. Pourtant, ce matin de juillet, personne ne manque sur la place de l'église malgré la chaleur et le manque d'ombre. Quand le corbillard arrive, suivi de la proche famille, tout le monde s'étonne de voir, à côté d'Élisabeth et Virginie, Laure Peyrignac, l'épouse de Louis. Elle a tant crié sa haine contre son beau-frère qu'elle souhaite faire repentance.

Elle donne le bras à son fils, tenant son mouchoir dans une attitude sûrement un peu forcée qui dénote bien le fond de son esprit. Vincent Peyrignac se tient près de sa concubine. Virginie marche à côté d'Élisabeth.

L'église est pleine, les gens se tassent à l'extérieur, recueillis, silencieux. Alain Betoule, sa mère et sa jeune femme arrivent un peu en retard. Joseph Puylieut, qui se trouve dans l'assistance, pense qu'il a du courage, ce jeune médecin que tout le monde soupçonne. Lui aussi l'a cru coupable, mais une fois de plus, il a le sentiment de faire fausse route. Le bluff du bal masqué a montré ses limites. Il n'est plus certain que le meurtrier se trouve parmi les sept personnes retenues par Peyrignac. « La pince peut avoir été placée sous les feuilles pour diriger les soupçons sur Alain Betoule. Vincent est trop lâche, c'est son oncle qui l'a dit. Cela ne peut être Virginie. Élisabeth a la trempe pour tuer froidement, mais je la crois honnête. Alors qui est-ce ? Martin ? Quelqu'un qu'on ne connaît pas ? »

Breton ne s'attarde pas sur la vie exemplaire du défunt, ni sur les circonstances de sa mort. À la demande de Virginie et de sa sœur, il reste sobre, loin des superlatifs dont il est coutumier pour l'éloge des morts. Le défilé de la foule près du cercueil est interminable. Tous les Maubadois veulent ainsi rendre un dernier hommage à l'homme qui les a fait vivre et dont ils n'ont vu que les défauts.

Enfin, le cercueil porté par les plus anciens employés de la Fabrique sort de l'église. Le silence est lourd. Il fait chaud pour la saison. Le chapeau à la main, malgré le soleil, les gens baissent la tête. Quand Alain, sa femme et Mélanie Betoule sortent derrière la famille, tous les regards se fixent sur le jeune maire. Il sent ces regards brûlants le mordre, l'accuser. L'histoire se répète. Trois ans plus tôt, Martial Peyrignac était à sa place, mais le jeune Betoule n'a pas sa force.

L'histoire se répète aussi au cimetière, et de la pire manière. Des menaces, Alain Betoule en a reçu des quantités ces derniers jours. Martin ne s'est pas gêné pour raconter l'histoire de la pince qu'Alain a eu l'imprudence de reconnaître comme sienne. Le matin même de l'enterrement, le médecin a trouvé dans sa boîte aux lettres ce billet : « On aura ta peau ! »

La police ne lui a pas encore rendu visite, mais elle ne tardera pas. Il devrait fuir, comme Joseph Puylieut le lui a suggéré, mais c'est donner raison à ceux qui l'accusent.

Au cimetière, le curé Breton s'égosille sous un soleil de plomb pour réciter les dernières prières. Le cercueil est placé devant le caveau ouvert et l'assistance défile de nouveau. Quand Alain Betoule s'incline devant la caisse de chêne verni, un roulement de houle se fait entendre, et ce mot, perçant comme le cri d'un oiseau de mer, éclate sans qu'on sache d'où il vient :

— Assassin !

Cette accusation repose sur ce qu'a révélé le tribunal : Léon Betoule était le père de Vincent Peyrignac qu'il souhaitait reconnaître. Depuis l'incendie de la Fabrique, les soupçons qui pesaient sur le nouveau médecin de Maubade s'expriment ouvertement.

À la fin de la cérémonie, Alain Betoule rentre chez lui sans un mot à personne. Désormais, c'est lui le proscrit, le paria, celui qu'on désigne du doigt.

Virginie, sa sœur et Vincent reçoivent les condoléances des Maubadois. Élisabeth embrasse avec effusion des gens qu'elle n'a pas vus depuis longtemps ; malgré les circonstances, ce retour dans le village de son enfance lui fait du bien. Joseph Puylieut s'approche, embrasse la jeune professeur, serre la main de son mari puis de Vincent, et se tourne vers Virginie dont le regard se plante dans le sien, s'y accroche.

— Je te reverrai bientôt, lui souffle-t-elle à l'oreille.

Il s'éloigne, content de constater que le passé n'est pas totalement effacé, et rentre à Tours où le vieux Langlaget l'héberge en attendant de trouver un appartement et du travail.

Quand les dernières personnes ont quitté le cimetière, les Peyrignac se retrouvent entre eux. C'est l'instant le plus difficile, celui où ils constatent qu'ils n'ont plus rien à faire ensemble. Martial enterré, il ne leur reste que le tas de pierres de la Fabrique, les ruines de cette si belle affaire qu'ils n'ont pas su défendre quand c'était le moment.

— Nous rentrons ! dit Élisabeth en prenant le bras de son mari. J'ai cours cet après-midi et les examens approchent.

Elle embrasse Virginie, puis Vincent et s'éloigne. Le beau cousin lui emboîte le pas.

— J'ai plusieurs gros clients à voir, s'excuse-t-il.

Quelques jours plus tard, alors que la police s'apprête à l'interpeller pour simple témoignage sur l'incendie de la Fabrique, Alain Betoule se tue en voiture. Il roulait à vive allure, quand son véhicule a quitté la chaussée pour se fracasser dans le lit de l'Indrois. Il faut découper le véhicule au chalumeau pour sortir le corps du malheureux complètement disloqué entre les ferrailles tordues. Cet accident fait dire aux Maubadois que la malédiction du Moulin des Louves est toujours dirigée sur leur village. Le curé Breton a beau répéter que ces croyances de bonnes femmes éloignent les chrétiens de leurs devoirs, rien n'y fait.

— La commune devrait acheter les ruines et faire reconstruire le moulin. Si c'est à ce prix qu'on peut retrouver la paix, ce n'est pas très cher ! s'exclame-t-on.

Les médecins légistes trouvent une forte quantité d'alcool dans le sang d'Alain Betoule. Une enquête confirme qu'il avait énormément bu lors d'un repas qui réunissait les jeunes médecins installés dans la région et où sa femme avait refusé de l'accompagner.

L'émotion passée, Alain Betoule enterré dans le caveau de famille, à côté de son père assassiné et à moins de dix mètres de Martial Peyrignac, les cloches de Maubade continuent de sonner les midis et l'angélus du soir. Elles ont été ainsi réglées par un dispositif électrique et cela convient à tout le monde. Les Maubadois, privés de la Fabrique, doivent aller chercher du travail à Lognes, Montrésor et Tours. On croyait que la vie s'arrêterait après tous ces malheurs, on constate qu'elle continue, et pas plus mal qu'avant. La mort d'Alain Betoule a clos une période difficile. Plus personne ne parle des ruines du Moulin des Louves.

Joseph Puylieut travaille au commissariat de Tours. L'administration policière a finalement accepté de le reprendre, mais au lieu d'enquêter sur le terrain, il est affecté à la recherche sur documents, ce qui lui convient parfaitement. Il ne sort pas de son bureau et là, à travers les chiffres et les faits qu'on lui soumet, brasse la vie à pleines mains.

Il a trouvé un petit appartement à quelques pas de son ancien studio. L'endroit est plus confortable, une cuisine, une salle de bains, un séjour et deux chambres lui donnent l'impression de vivre dans l'opulence. Maurice Langlaget s'est résolu à le laisser partir, mais le jeune homme se sent coupable de délaisser ce vieillard sans défense et lui rend de fréquentes visites. Un jour, Maurice demande à sa servante aux épaules de charpentier d'aller lui chercher un livre en ville. Il en profite pour montrer à son protégé la nouvelle cachette de son trésor :

— Si les voleurs venaient, ils iraient forcer le coffre. Cela leur prendrait du temps et ils ne trouveraient que de vieux journaux. Et ils n'auraient pas l'idée d'aller le chercher là où il est. Suivez-moi.

Il trottine jusqu'à un vieux poêle en fonte placé en évidence dans une minuscule pièce. Puylieut admire le métal ouvragé, les larges fleurs et les volutes de fonte qui entourent le foyer. Maurice prend le pique-feu accroché à une patte près du tuyau de la cheminée, ouvre la gueule et en sort deux boîtes.

— Tout est là ! Fini les combinaisons et les chiffres à retenir. Il suffit de soulever cette plaque.

— C'est très risqué ! objecte Puylieut. Si votre servante le trouve, elle peut se servir et personne n'y verra rien.

— En effet, constate le vieillard. Aussi, au lieu de vous confier les numéros d'ouverture du coffre, je vous prie d'emporter ces deux boîtes chez vous. Il y a quelques bijoux, des louis d'or et quelques lingots, je vous les donne de bon cœur. C'est peu de chose. J'ai déposé à la banque une somme suffisante pour terminer mes jours dans la paix.

Puylieut veut refuser, mais Langlaget ne l'écoute pas. Le vieillard se sent responsable des trois années de prison de son protégé et souhaite se racheter en lui permettant de s'installer dignement dans la vie.

— Vous savez, la pire des pauvretés, c'est bien la vieillesse ! ajoute-t-il dans un soupir. Quand elle est là, l'or n'a plus d'importance.

Grâce à l'argent des assurances, Virginie achète un magasin de meubles à Tours. Sa folie dépensière a disparu. Joseph Puylieut la voit souvent, mais malgré le sentiment qui les unit toujours, le drame de la Fabrique reste entre eux :

— Sans toi, rien ne se serait passé. Mon père n'aurait pu agir seul et il serait encore vivant, reproche Virginie à l'ancien commissaire.

— Le crime de Maubade a gâché ma vie, répond Puylieut. Il éloigne de moi la femme que j'aime et je sais que je n'aurai aucun répit tant que je n'aurai pas trouvé le criminel.

Virginie sait qu'il la place toujours dans le camp des coupables possibles. Elle se serre contre lui et murmure :

— Laissons passer un peu de temps, suggère-t-elle. J'ai besoin de me reconstruire. Moi aussi, je t'aime, mais il ne faut pas que nous précipitions les choses. Il ne doit pas subsister la moindre ombre entre nous. Sans le coupable, tu auras toujours un doute qui gâchera notre vie et notre amour.

Un matin, alors qu'il se rend à son bureau, une jeune femme arrête Joseph Puylieut sur le trottoir. Il reconnaît tout de suite le visage grave et les mèches noires qui s'échappent du foulard rouge.

— M. Puylieut ? Je suis la fille de Roger Martin. Mon père veut vous parler. Venez vite !

Micheline Martin est institutrice à Amboise. Puylieut l'avait vue deux ou trois fois lors de l'enquête à la Fabrique.

— Mais que me veut-il ?

— Faites vite ! Il est au plus mal. Il a dit que s'il ne vous parlait pas, il n'irait pas au ciel.

L'hôpital se trouve à quelques pas de là, à côté d'une chapelle aux murs de pierres blanches. Sur le parking trop petit, s'entassent les voitures des employés. Micheline conduit Puylieut par la porte des urgences.

— On ne m'avait pas dit qu'il était malade, fait le jeune homme.

— Ça l'a pris d'un coup. Il était en train d'arracher ses carottes. Il a trébuché, puis il est tombé sur la terre mouillée. Ma mère a eu toutes les peines à le ramener à la maison. Le jeune médecin qui a pris la place du pauvre Alain Betoule l'a fait hospitaliser. Il allait mieux, et puis, ce matin, il dit que la mort le tient par les pieds et qu'il doit se mettre en règle.

Ils arrivent dans une chambre d'où l'on voit miroiter la Loire derrière les maisons. Dans le lit surélevé, le visage maigre et sombre de Martin se détache de l'oreiller blanc. Ses grosses mains de travailleur sont posées sur le rebord du drap comme des outils oubliés. Il ouvre ses yeux noirs abattus sous ses gros sourcils.

— Ah, c'est vous ! dit-il en tournant légèrement la tête.

Micheline sort en fermant la porte.

— Eh bien, monsieur Martin, qu'est-ce qui vous arrive ? Un petit malaise ? Rassurez-vous, tout va s'arranger.

— Oui, ça va s'arranger, tout s'arrange avec le temps ! Asseyez-vous, il faut que je vous parle.

Cette fois, Puylieut se dit qu'il va enfin connaître la vérité. Il ne sait pas ce qu'il en fera, s'il en parlera pour obtenir la révision du procès et la réhabilitation de Martial Peyrignac, ou s'il gardera à son tour le secret, mais il retrouvera Virginie sans la moindre ombre de soupçon.

— Je pourrais vous dire n'importe quoi, commence Martin d'une voix hachée. Oui, je pourrais inventer une histoire et vous me croiriez, mais je veux vous révéler ce que je n'ai dit à personne et qui aurait sûrement conduit au meurtrier de Louis Peyrignac et de notre maire.

— Je vous écoute.

— Ça sera vite fait. Martial Peyrignac m'a mis avec les coupables possibles quand il est revenu. Il a eu raison. J'en voulais à Louis et au Dr Betoule de ne pas m'avoir donné ma part de l'argent parachuté sur le mont Luret. J'aurais pu m'installer dans une grande propriété, mais maintenant je sais que ça n'aurait rien changé : je serais là, sur ce lit, riche peut-être, mais aussi près de la mort. Oui, ils avaient raison.

Puylieut se dit que Martin a bien caché son jeu, et ce petit homme qui semble tout dévoué lui montre une détermination qu'il n'a pas soupçonnée.

— Je pourrais vous dire que je suis le criminel du Moulin des Louves. Tout le monde serait content et finalement, là où je vais, cela n'a pas d'importance.

Il se tait un instant, se tourne vers la fenêtre, puis insiste :

— J'étais si content de la mort de ces deux salopards que je veux bien endosser les crimes. Mais je n'ai tué personne. Pourtant j'ai vu le meurtrier, ou plutôt la meurtrière, rapporter le pistolet de

M. Peyrignac après son coup. Et je ne l'ai pas vue une fois, mais les deux matins des crimes. Oui, je jure que je dis la vérité et que ça me fait très mal.

Puylieut se dresse.

— Vous voulez dire que la personne qui a tué est une femme ! Il acquiesce de la tête.

— Ouvrez la fenêtre, il fait si chaud !

— Donc, c'est Virginie ou Élisabeth ?

— Je pourrais vous dire que je ne l'ai pas reconnue, mais c'était le mois de juin, il faisait jour comme en ce moment, et elle s'est tournée vers moi. Le matin de la mort de Louis, je m'étais levé de bonne heure pour aller à la pêche. J'avais pris le raccourci pour me rendre au Moulin des Louves, par le bas de la Fabrique, et c'est là que je l'ai vue. Le lendemain, je savais que le deuxième crime aurait lieu, c'est pour ça que j'étais dans les parages, bien caché. Je voulais l'empêcher. J'ai vu M. Peyrignac qui courait après ce pauvre Alain Betoule...

— Vous ne m'avez pas répondu, c'était Virginie ou Élisabeth ?

Le visage du vieil homme se contracte. Il ouvre de grands yeux blancs, fouette l'air de ses bras maigres et s'immobilise. Il est mort.

Puylieut appelle un médecin qui dit ne pouvoir rien faire. Micheline pleure. Une fois dans la rue, l'ancien commissaire ne peut contenir le tumulte qui l'agite et se met à courir comme s'il fuyait. La réalité lui fait peur : Martin n'a-t-il pas désigné une des sœurs Peyrignac ? Élisabeth le laisse assez indifférent, mais Virginie... Il se sent écrasé à son tour, ligoté, comme Martin sur son lit d'hôpital.

Il passe plusieurs jours à tourner ces questions dans sa tête et trouve un prétexte pour ne pas voir Virginie quand elle lui téléphone. Au bout de quelques jours, elle lui rend visite :

— Que signifie ce silence ? demande-t-elle en s'animant. Qu'as-tu encore trouvé qui m'accuse ?

Puylieut fait un effort sur lui-même et avoue :

— Juste avant de mourir, Martin m'a fait appeler par sa fille. Il m'a parlé sur son lit de mort car il connaissait le coupable des deux crimes du Moulin des Louves.

— Ah bon ? Et c'est pour cette raison que tu me fuis ?

— Il m'a dit que c'était une femme. Et des femmes ayant accès au bureau de Martial Peyrignac, il n'y en avait pas beaucoup !

— Il y avait moi, si c'est ce que tu insinues. Mais je te croyais plus malin !

— Il pouvait aussi y avoir ta sœur.

— Donc nous sommes les deux suspectes. Va au bout de ta pensée. Fais vite, s'il te plaît.

Puylieut ne veut pas montrer qu'il ignore le nom de la coupable et garde le silence pour obliger Virginie à se dévoiler, conscient qu'en ne lui faisant pas confiance, il trahit son amour.

— Il se trouve, commissaire, que j'ai attendu trois années un homme buté et indifférent.

— Non, je ne suis pas indifférent.

— Alors, cesse de tourner en rond. Vas-tu dénoncer enfin la criminelle ?

Coincé, Puylieut cherche une échappatoire.

— Tu la connais aussi bien que moi.

— Eh bien non, je ne la connais pas. Je peux te

dire que ma sœur, dont la chambre était voisine de la mienne, ne s'est pas absentée, car je l'aurais entendue. Alors, il ne reste que moi !

— Comment se fait-il que ta sœur savait qu'une balle manquait dans le chargeur du revolver de ton père ?

— Elle a parlé ainsi pour bluffer.

— Peut-être aussi a-t-elle vu la coupable replacer l'arme ?

— Donc tu penses vraiment que j'ai pu tuer mon oncle et Jean Betoule ? Mais enfin, tu me détestes donc ?

Elle ne peut retenir les larmes qui roulent sur ses joues. Il lui prend la main et avoue :

— Martin est mort avant de me donner le nom de la coupable.

— Alors, puisque tu y tiens, je vais t'aider. Parce que moi aussi, depuis la condamnation de mon père, j'ai cherché à savoir. J'ai l'avantage sur toi d'avoir vécu à la Fabrique. Sache que n'importe qui pouvait entrer dans le bureau de mon père, qui n'était jamais fermé, et y prendre son arme.

— Je le sais. Ces deux crimes ne sont pas ceux d'inconnus, mais d'un familier, j'en suis convaincu. Le meurtrier connaissait parfaitement les lieux et les alentours.

— Tous les ouvriers connaissaient les lieux et les alentours. Voilà qui augmente le nombre des suspects. Pourtant, je suis certaine que la coupable, puisque tu dis que c'était une femme, se trouvait dans la Fabrique quand mon père a retenu les suspects.

— Qui sauf toi et ta sœur ?

— Tu oublies Marguerite Martin. Toute petite, recroquevillée, ne disant pas un mot plus haut que l'autre, elle cache bien son jeu. Je l'ai entendue tant de fois s'emporter contre ce pauvre Roger et lui reprocher d'avoir cédé à Louis et au Dr Betoule. « Comment tu as pu laisser faire ça ? Fallait les menacer pour avoir ta part ! Regarde, ils ont de belles maisons et toi tu restes le pauvre malheureux qui n'a pas de quoi réparer les bâtiments de ta petite propriété ! Si j'étais un homme, j'irais leur demander des comptes ! »

— Et tu crois qu'elle a mis ses menaces à exécution ?

— Sa haine contre les riches, qu'elle considère comme des voleurs, a pu la pousser à la pire des extrémités. Car en plus, sous son aspect de paysanne ignorante, elle est intelligente, bien au-dessus du pauvre Martin qu'elle méprisait.

Le lendemain, qui est un dimanche, Puylieut se rend à la ferme des Martin où Marguerite vit seule depuis la mort de son époux, bien décidé à la faire parler. Micheline le reçoit sur le pas de la porte :

— Ma mère ne va pas ! Depuis l'enterrement de mon père, elle a perdu la raison et ne cesse de menacer tout le monde. Elle dit des choses horribles.

— Je peux la voir ?

— Si vous voulez, mais n'attendez pas qu'elle vous parle ! Depuis deux jours, après s'en être prise au monde entier, elle s'est retranchée dans un mutisme total. J'ai fait venir le docteur hier, l'ambulance va l'emmener à l'hôpital.

Puylieut pénètre dans la petite cuisine et trouve Marguerite assise dans un fauteuil devant la télévision allumée. Le son est coupé, la vieille femme fixe les images fugitives, absente de la réalité.

— Ça l'occupe un moment, dit Micheline. Vous comprenez que je ne peux pas la garder tout le temps. Demain, je dois aller en classe. Mon mari va venir me chercher quand l'ambulance l'aura emmenée. Le docteur m'a bien dit qu'il ne fallait pas espérer beaucoup d'amélioration. Je cherche une place en maison de retraite. Elle est incapable de se débrouiller seule.

Joseph Puylieut a prévu plusieurs questions, mais quand Marguerite tourne vers lui son regard vide, il comprend que c'est inutile. Malgré les accusations de Virginie, il a du mal à imaginer ce brin de femme en train de tirer sur un homme avec le lourd revolver de Martial Peyrignac.

Il rentre à Tours, décontenancé. Il ne connaîtra jamais la vérité de la bouche même de la coupable, et cela lui pèse comme un roc sur ses épaules. Après avoir laissé sa voiture au garage, il va marcher un instant dans la rue, passe devant la maison d'Élisabeth. Plusieurs voitures stationnées dans la cour lui indiquent que le jeune professeur de français reçoit des amis.

Maurice Langlaget s'éteint un soir du mois de mai, en regardant la télévision. Quelques jours plus tard, Me Malgret, qui traite les plus grosses affaires de la ville, convoque Puylieut pour lui annoncer que le défunt lui cède la totalité de sa fortune.

— Il y a la maison de Tours, mais ce n'est

qu'une broutille à côté des deux propriétés viticoles à Saumur et Bourgueil. M. Langlaget a vécu du vin en tant que négociant, mais il a su acquérir les bons domaines. Vous voilà riche, même si vous devez vendre quelques parcelles pour payer les droits et les taxes.

Toute la fortune en bijoux, louis d'or et lingots que le vieil homme lui a donnée est dépensée en droits et enregistrements divers, mais Puylieut se retrouve à la tête d'une belle affaire, ce qui, au lieu de le réjouir, l'embarrasse, car cet homme qui a toujours vécu misérablement n'a pas de besoins et ne sait que faire de l'aubaine.

La nouvelle de l'héritage fait le tour de la ville et Puylieut est invité dans les meilleures maisons. Les marieuses se sont mis en tête de caser une de leurs filles, mais il reste insensible à leurs avances.

Il vend la maison des Langlaget. L'immense bâtisse dont le beau parc donne sur la Loire ne le tente pas. Elle est trop grande pour lui et lui rappelle ses bienfaiteurs dont il ne s'est pas assez bien occupé. Les revenus de ses vignobles lui suffiraient pour vivre, mais il préfère garder son emploi qui l'occupe. Sa fortune nouvelle l'a pourtant changé, même s'il s'en défend. Son ancienne attitude de pauvre qui regardait les prix avant d'acheter a cédé la place à une indifférence qu'il se reproche.

Virginie est heureuse pour lui. Le petit commissaire devenu propriétaire de vignobles dans les meilleurs terroirs prend une nouvelle stature. Son héritage le place à un niveau de fortune qui lui donne une assurance nouvelle. Pourtant, l'affaire Peyrignac continue de le tracasser et il ne peut s'empêcher de penser à ce que Martin lui a dit avant de mourir.

Conscient qu'il ne trouvera jamais la vérité, l'ancien commissaire, qui se découvre une âme de viticulteur, décide de quitter Tours pour vivre à Saumur. Virginie en est la première informée.

Elle s'exclame :

— Mais, si tu pars, qu'est-ce que je vais devenir ?

Il ne sait quoi répondre. Virginie insiste :

— Jouons franc-jeu ! Si tu m'aimes, tu dois me faire confiance. Je te jure que je ne suis pour rien dans le crime de Maubade.

Elle le regarde droit dans les yeux. Il sourit :

— Mais pourquoi tu ne m'as pas parlé plus tôt avec cet accent de sincérité ?

— Je te croyais assez malin pour le comprendre toi-même, dit-elle en riant.

Ils s'étreignent. Alors, Puylieut lui souffle à l'oreille :

— Mademoiselle Peyrignac, accordez-vous votre main à un pauvre garçon né sous X, devenu par hasard commissaire de police et par un hasard encore plus grand, propriétaire de deux bons vignobles ?

Elle l'embrasse avec effusion.

Joseph Puylieut décide finalement de rester à Tours. Lui et Virginie continuent de vivre chacun de leur côté jusqu'à leur mariage qui est fixé le samedi 17 août 1972. Les deux nuits passées ensemble dans le petit appartement du commissaire trois années plus tôt les retiennent ainsi afin de donner un sens à la cérémonie qu'ils veulent grandiose. Par la suite, ils habiteront chez Virginie, au-dessus du magasin, en attendant que la maison achetée à la périphérie de Tours soit entièrement restaurée.

Joseph Puylieut pense encore à l'affaire Peyrignac et ne peut se résoudre à ne pas continuer à chercher le coupable. La certitude que quelque chose lui échappe, un détail auquel il n'a pas prêté attention. Vincent Peyrignac, avec qui il s'entend bien depuis que la Fabrique ne se dresse plus entre eux, lui révèle :

— Je sais que tu m'as soupçonné jusqu'à ce que Roger Martin te révèle sur son lit de mort que le criminel était une femme. Figure-toi que je n'ai pas tout dit.

— Pourquoi, puisqu'il s'agissait de te disculper ?

— Parce que j'ai toujours pensé que les deux personnes assassinées étaient des ordures. L'une était mon oncle, l'autre mon père, tous les deux ont participé à l'expédition qui a tué ma mère. Et c'était l'accusé, mon tuteur, qui avait donné l'ordre de cette exécution. Alors, je me suis toujours senti solidaire de celle qui avait fait emprisonner Martial. Tous n'ont eu que ce qu'ils méritaient.

— Je te comprends, fait Puylieut.

— Le temps a passé, et je peux désormais te dire ce que je sais depuis le premier jour, ajoute Vincent. Le matin du deuxième crime, très tôt, je suis allé dans le bureau de mon oncle pour le fouiller, car j'étais persuadé que c'était lui le meurtrier de son frère, et j'ai trouvé un peigne, un de ces peignes étroits à longues dents que Marguerite Martin utilisait pour retenir ses cheveux sur le haut des tempes. Je l'ai ramassé et je l'ai rendu à Marguerite. Elle m'a dit l'avoir perdu la veille en faisant le ménage. Je suis certain qu'elle mentait, car la veille, j'avais ratissé le bureau et je l'aurais trouvé. Elle l'avait donc perdu le matin. J'ai supposé que c'était en rapportant l'arme dans le tiroir de mon oncle.

Puylieut pense à ce que lui a confié Roger Martin sur son lit de mort.

— Donc, tu crois, toi aussi, que Marguerite serait la meurtrière ?

— J'en suis persuadé.

— Pas moi !

En effet, il doute de plus en plus que cette petite femme ait pu voler le revolver, tuer à deux reprises, et replacer l'arme à sa place. Marguerite était trop fragile pour cela, sa hargne perpétuelle qui a débouché sur la folie montre un être qui ne sait pas dissimuler. Elle ne se cachait pas pour s'en prendre à son mari et lui reprocher sa faiblesse. Sa haine passait par des mots, pas par des actes.

Virginie décide, avec la complicité de sa sœur, que le mariage se célébrera à Maubade.

— Je veux que tous les Maubadois soient invités au vin d'honneur qui sera donné sur la place. Nous louerons un chapiteau pour le cas où il pleuvrait.

Joseph Puylieut s'étonne que Virginie souhaite associer à sa fête ceux qui l'ont tant critiquée au temps de la Fabrique.

— Parce que c'est pour moi une manière de tourner la page, de montrer que je suis une autre.

Il n'insiste pas. Seul le bonheur de Virginie l'intéresse. La veille de la cérémonie, il passe prendre la jeune femme à son magasin pour aller surveiller le montage du chapiteau. Ils prennent la route de Maubade. Puylieut est heureux et sifflote. Le soleil brille. La météo annonce des orages pour les jours à venir.

— Mariage pluvieux, mariage heureux ! dit-il en riant.

— Il fera peut-être beau. Tu sais bien qu'à la télé, ils se trompent une fois sur deux !

Il quitte la route nationale pour la petite route de Maubade qui descend vers l'Indrois. Au Moulin des Louves, l'ancien commissaire gare son véhicule et invite Virginie à sortir. Elle s'étonne :

— Mais qu'est-ce qui te prend ? Ce lieu est maudit, tu le sais bien !

— Justement ! fait Puylieut en ouvrant la portière de la passagère. Je t'en prie, viens, je veux te montrer quelque chose.

Virginie accompagne le jeune homme, qui prend une grosse enveloppe sur le siège arrière et s'enfonce dans le sentier entre les aubépines jusqu'à la carcasse de l'ancien moulin.

— Madame, dit Puylieut sur un ton solennel, vous voici chez vous, dans votre propriété, mon cadeau de mariage !

Tout en parlant, il sort une feuille de papier de son enveloppe. Voici la promesse de vente !

Un moment interdite, Virginie hésite entre la colère et les larmes.

— Comment tu as pu faire ça ? demande-t-elle d'une voix étouffée. Cet endroit maudit rappelle tant de drames !

Elle s'éloigne en courant vers la voiture. Puylieut la rattrape :

— Virginie, écoute-moi ! Laisse-moi te montrer la suite !

— Quelle suite ? Ce lieu est monstrueux. Et tu oses me l'offrir en cadeau de mariage ? Qu'espères-tu encore ? Trouver un indice, quelque chose qui te montrerait que je suis coupable du meurtre de mon père ? C'est ça que tu veux ? Tu ne m'as donc jamais crue ?

— Si, je te crois et c'est pour cela que j'ai

acheté le Moulin des Louves, pour effacer la malédiction. Regarde !

Tout en parlant, il déplie une grande feuille.

— Le plan du Moulin des Louves sans ses fantômes ! Avec de grandes fenêtres, des parterres de fleurs et des enfants !

Virginie s'assombrit.

— Je ne peux pas en avoir.

— Tu n'en sais rien. Et les enfants de ta sœur viendront jouer ici. Je crois savoir qu'elle est enceinte.

Elle jette un regard rapide au plan, se ravise.

— Je veux effacer toutes les traces des drames qui se sont déroulés ici, ajoute Puylieut. Je veux faire du Moulin des Louves le lieu où tous les Peyrignac se retrouveront avec plaisir, ta sœur et son mari, Vincent et sa compagne, nous deux ! Les Peyrignac sont d'ici. Ils ont fait de grandes choses, l'un d'eux a été accusé à tort d'un double crime, je veux que ses descendants redressent la tête et détruisent une croyance populaire.

Virginie se serre contre lui.

— Tu ne comprends pas combien ce lieu est chargé de menaces. Trop de fantômes rôdent dans ces ruines !

— C'est pour les chasser que je veux voir revivre ces vieilles pierres. Désormais, moi aussi, je suis un Peyrignac !

Virginie détaille longuement le plan en levant les yeux sur les ruines comme pour imaginer le moulin terminé.

— Viens ! dit Puylieut en lui prenant la main et

en l'entraînant dans le sentier. Je vais te montrer quelque chose.

— Où m'emmènes-tu ?

Ils suivent le sentier qui longe un mur dressé entre les jeunes frênes, puis biaisent sur la droite en direction des ruines d'un petit bâtiment en dessous de la route, entièrement couvertes de lierre et de ronces.

— Il ne faut pas aller là-bas ! s'écrie Virginie en s'arrêtant.

— Mais pourquoi ?

Le visage de la jeune femme se ferme :

— Que veux-tu ? demande-t-elle sur la défensive. Pour qui tu me prends ? Le double meurtrier a tiré de cet endroit, sur le bas-côté de la route. Que veux-tu vérifier encore ?

— Ce n'est pas pour cela. Je veux qu'on oublie le crime qui a détruit les Peyrignac. Je veux simplement te montrer ces ruines qui sont celles d'un antique four à pain.

— Je le sais ! réplique Virginie. Lorsque nous étions adolescents, nous venions nous cacher ici avec Vincent.

— Vous n'aviez pas peur ?

— Si, justement ! Cela donnait du sel au jeu. Et puis, il y avait un autre danger.

— Ah bon ?

Joseph Puylieut s'est approché du monticule de pierres et de briques que contourne le petit sentier tracé entre les grandes herbes par des animaux.

— Ne va pas là-bas ! s'écrie encore Virginie qui restait en retrait.

— Mais pourquoi ? Crois-tu que le meurtrier de ton oncle et du Dr Betoule est toujours là ?

— Ce n'est pas ça.

Sans tenir compte de l'avertissement de Virginie, le jeune homme poursuit sa progression en détachant les ronces qui s'accrochent à son pantalon, quand une violente douleur à la joue l'arrête. Il y porte vivement la main.

— Une guêpe ! Je viens de me faire piquer par une guêpe !

Il doit battre en retraite sous l'attaque d'une nuée d'insectes qui tournent autour de lui et l'attaquent.

— Je t'avais dit de ne pas t'approcher ! Le nid de guêpes est là depuis de nombreuses années. Avec Vincent, nous nous sommes fait piquer plusieurs fois.

— Ah bon ? fait Puylieut qui ne se sent pas bien.

Ils rejoignent leur voiture. Des traces rouges indiquent que l'ancien commissaire a été piqué à plusieurs endroits sur le visage et le cou.

— Il faut rentrer à Tours, décide Virginie en prenant le volant. Les piqûres de guêpes sont dangereuses. On ne sait jamais.

Puylieut ne peut retenir les tremblements qui agitent son corps. Il a froid et claque des dents.

— Je vais t'emmener chez un médecin, propose Virginie. Il va falloir demander aux pompiers de détruire ce guêpier qui est là depuis des dizaines d'années.

— Il faut que ça m'arrive la veille de notre mariage, se lamente Puylieut.

Deux heures plus tard, il est admis à l'hôpital de Tours. On lui explique que certaines personnes sont extrêmement sensibles au venin des guêpes et qu'elles peuvent en mourir :

— Vous avez eu de la chance, lui dit l'interne qui l'examine. Quelques piqûres de plus et vous seriez en réanimation.

— Mais enfin, docteur, je me marie demain !

— J'en serais bien étonné. Je ne vous laisse pas sortir avant deux ou trois jours.

Virginie craque. Il est dit qu'elle ne sera jamais heureuse. La malédiction du Moulin des Louves la poursuit encore et toujours.

— Bon, décide Puylieut. On reporte d'une semaine. Tu vas aller trouver le maire pour lui expliquer la situation. Tu vas prolonger d'une semaine la location du chapiteau et avertir chacun de nos invités. Je te demande pardon pour ce petit incident ridicule.

La nuit suivante, il ne peut trouver le sommeil. Les bruits de l'hôpital et surtout l'impression grandissante que quelque chose lui échappe toujours, quelque chose qu'il peut toucher du doigt et qu'il n'arrive pas à définir, proche de lui et du double crime qui a tant marqué sa vie. Les piqûres de guêpes au Moulin des Louves ont un sens, tout comme sa rencontre avec Martial Peyrignac à la gare de Tours. Il y voit une volonté du destin.

Il sort de l'hôpital le lundi matin, la figure encore tuméfiée. Virginie, qui le reconduit chez lui, dit tristement :

— À cette heure, je devrais être madame Puylieut et je reste toujours Virginie Peyrignac.

— Il faut voir dans cet incident une conjoncture favorable. Si je ne m'étais pas fait piquer, va savoir ce qui serait arrivé ! Les guêpes nous ont peut-être protégés d'un grand péril, d'un accident de voiture, que sais-je encore !

— Tu as raison, répond Virginie en souriant. C'est ainsi qu'il faut prendre les choses ; espérons qu'un autre incident ne nous empêchera pas de nous marier samedi prochain !

Le samedi suivant, il y a foule sur la place de Maubade Une ovation accueille les mariés à la sortie de l'église. Les anciennes querelles sont oubliées. Grangean, au milieu de ses amis, applaudit. Par leur présence, les Maubadois ont le sentiment de se racheter, de se libérer définitivement d'une culpabilité restée en eux. Ils se sentent réhabilités à leur tour, affranchis d'avoir abandonné le patron, d'en avoir fait un coupable qui les arrangeait.

Joseph Puylieut reste songeur. Il sourit, remercie ceux qui viennent le féliciter, mais il reste préoccupé. Virginie s'en aperçoit :

— Quelle tête tu fais ! Tu n'es pas heureux ?

— Si, très heureux ! Mais depuis samedi dernier quelque chose tourne dans ma tête...

— Tu ne vas pas me dire que le jour de ton mariage, tu penses encore à l'énigme du Moulin des Louves !

— Eh bien, si ! Je ne cesse d'y penser !

— Fais-moi le grand cadeau de l'oublier, insiste Virginie en l'embrassant.

Le vin d'honneur rassemble une foule bigarrée

sur la place. Le chapiteau protège surtout du soleil car le temps est radieux.

— Tu vois que les guêpes ont été une aubaine, souffle Puylieut à Virginie. Samedi dernier, il pleuvait des cordes.

Le couple s'astreint à trinquer avec chacun des invités. Mélanie Betoule est méconnaissable. Maigre, recroquevillée, elle marche difficilement, comme une très vieille femme. Son beau visage s'est ridé ; elle a perdu ses abondants cheveux blancs. Elle n'a accepté de sortir de chez elle que parce que sa voisine l'a obligée. Elle salue rapidement les mariés et rentre dans la solitude de son immense maison.

— On ne la voit plus, confie une femme à Virginie. Depuis l'accident d'Alain, elle se laisse mourir.

Vers sept heures du soir, les mariés et leurs invités, quelques proches seulement, quittent le village pour se rendre à Tours. C'est dans la voiture qui les emmène que Joseph Puylieut dit à Virginie :

— Cette fois, je sais !

Il la serre contre lui avec beaucoup de force et ajoute :

— Grâce à toi, le Moulin des Louves vient de me livrer son secret !

— Mais que veux-tu dire ?

— Le guêpier que j'ai dérangé la semaine dernière se trouve là depuis longtemps, n'est-ce pas ?

— Oui. C'est pour ça que j'ai essayé de te retenir.

— J'ai eu raison de ne pas t'écouter, car le

meurtrier a été aussi piqué par une guêpe. C'est ce qui m'a rongé toute la semaine. Maintenant, je sais !

Le couple s'installe dans l'appartement au-dessus du magasin de Virginie. Heureux, Puylieut ne tient pas en place. Dès le lundi qui suit la cérémonie, il se rend à Genillé et à Montrésor afin de consulter les archives des pompiers. Il s'intéresse désormais aux nids de guêpes et veut savoir si, trois ans plus tôt, les jours qui ont suivi les crimes du Moulin des Louves, ils ont été appelés pour détruire des insectes à Maubade.

— Nous n'avons pas été appelés, dit le responsable des pompiers amateurs de Genillé, mais cela ne signifie pas grand-chose : les particuliers peuvent eux-mêmes détruire une ruche avec des produits vendus couramment dans le commerce.

Puylieut attend plusieurs jours pour se décider car le doute s'est glissé dans son esprit. Lors de son enquête, il est passé plusieurs fois à côté du guêpier et n'a pas été attaqué. Alors, pourquoi le meurtrier l'aurait-il été ?

— À cause du bruit, tranche Virginie. Le bruit du pistolet, l'odeur de la poudre, cela suffit peut-être pour rendre les insectes agressifs

La personne interrogée le jour même de l'assassinat du Dr Betoule dont la lèvre inférieure était gonflée avait, aussi, pu être piquée ailleurs qu'au Moulin des Louves.

— Tu devrais oublier tout ça, lui conseille Virginie.

Il ne peut pas, car trop d'inconnues subsistent. Martin n'a pas menti sur son lit de mort, une femme a tué à deux reprises au Moulin des Louves, une femme sans histoire, riche et respectée. Elle a assassiné Louis Peyrignac puis le Dr Betoule et a laissé condamner un innocent. Pourquoi ? Pourquoi cette personne d'apparence douce, effacée, est-elle arrivée à ce degré de monstruosité ? Il se souvient de ses larmes lors des enterrements et de son aplomb pendant le procès.

Il profite d'un rendez-vous avec l'entrepreneur qui doit reconstruire le Moulin des Louves pour se rendre à Maubade. Il frappe à la porte de l'immense maison vide de Mélanie Betoule. La femme s'étonne de sa visite, puis l'invite à s'asseoir au salon. Elle demande des nouvelles de Virginie, mais sa voix hésitante montre son inquiétude. Puylieut va droit au but :

— Lorsque je suis venu vous voir, le jour de l'assassinat de votre mari, vous m'avez bien déclaré avoir été piquée par une guêpe, n'est-ce pas ?

Elle fronce les sourcils comme pour se remémorer cette terrible journée, puis finit par admettre :

— En effet, j'avais la lèvre inférieure gonflée. Il se trouve que je suis assez sensible aux piqûres d'insectes, ce qui est aussi votre cas ! précise Mme Betoule.

— C'est pour cela que je suis venu vous voir, réplique l'ancien commissaire. J'ai été piqué à l'endroit exact où se trouvait le meurtrier de votre époux. Or, vous-même avez été piquée. Pouvez-vous me dire où cela s'est passé ?

— Pourquoi ce genre de question ? Vous n'êtes plus commissaire de police !

— Non, mais après l'incendie de la Fabrique et la mort de Martial Peyrignac jurant son innocence, je ne pourrai vivre en paix sans avoir résolu ce mystère. Et puis, je fais reconstruire le Moulin des Louves, je souhaite que le souvenir de cette prétendue malédiction s'estompe à jamais. Je veux faire de l'endroit un lieu accueillant, sans secret.

— Qu'est-ce à dire, M. Puylieut ? Cessez de tourner en rond et allez droit au but. Que cherchez-vous ici ?

— Je suis persuadé que c'est vous la meurtrière du Moulin des Louves.

La vieille femme le regarde fixement de ses yeux aux paupières trop grandes et rougeâtres.

— Je ne vous comprends pas !

— Vous êtes la criminelle de Maubade !

Cette affirmation ne semble pas la troubler. Elle apporte la cafetière et le sucre, remplit les tasses et se tourne vers Joseph Puylieut.

— Je pourrais nier, mais cela n'apporterait rien. J'ai besoin de me décharger la conscience. Depuis la mort d'Alain, les remords me minent car je suis certaine que Dieu m'a punie en le prenant. C'est là le sens de son accident, car souvenez-vous, les gens l'accusaient et cela lui faisait très mal.

Elle inspire profondément avant de continuer, le regard fixé sur sa tasse de café.

— La vie est ainsi faite. Je ne regrette rien. Louis Peyrignac et moi avions été très proches. On s'était juré de se marier à la fin de la guerre. Et puis il y a eu l'assassinat de Marie. J'étais dans le maquis. Martial a ordonné d'aller faire sauter la maison de la Gestapo et de tuer tout le monde. Moi et quelques autres nous sommes opposés à cette décision, mais Martial avait toujours raison. À la fin de la guerre, Louis n'a plus voulu de moi parce que je savais trop de choses sur lui, en particulier qu'il avait participé à l'assassinat de sa propre sœur. C'était un monstre, mais je l'aimais encore. Par dépit, j'ai épousé Léon qui me faisait la cour depuis longtemps. Plus tard, j'ai appris qu'il avait fréquenté Marie et qu'il était le père de Vincent. Lui aussi était un monstre sous l'aspect d'un homme généreux. Je me suis juré de ne pas mourir avant de faire justice, de supprimer trois salopards qui passaient pour des gens honorables, Louis, le lâche, Léon, mon époux, pour qui la mort de Marie était une délivrance et qui m'avait menti, Martial l'intransigeant. Vous comprenez que la haine, à force de tourner en soi, devient aussi lisse qu'un galet de rivière, aussi belle à regarder qu'un acte de bravoure. Louis a écrit à son frère et à Léon. J'ai lu la lettre et c'est moi qui ai répondu, qui lui ai donné rendez-vous au Moulin des Louves. J'ai averti Martial en glissant dans son agenda une feuille avec les mots : « L'heure est venue », mais il n'y a pas fait attention.

— C'est vous qui avez apporté la liasse de billets dans la bibliothèque de Peyrignac ?

— Oui, c'est moi. Et c'est cette même liasse de billets dissimulée dans mon secrétaire qui a révélé la vérité à Léon. Je n'avais pas l'intention de le tuer, il méritait un châtiment plus long et plus douloureux, mais je ne pouvais pas faire autrement, car il m'aurait dénoncée pour se protéger une fois de plus. Vous devez savoir que l'assassinat de Louis avait fait de moi une autre personne, déterminée, prête à tout pour éviter les soupçons. Mais quel plaisir de jouer la petite souris qui échappe au chat sûr de lui ! Je comprends les criminels en série. Le plus difficile, c'est de tuer la première fois, ensuite, tout devient banal, presque amusant. D'ailleurs, les guêpes complices m'ont laissée accomplir mon premier forfait sans intervenir, ce n'est que le lendemain que l'une d'elles m'a piquée ! Je me suis tant amusée à vous égarer en plaçant une fausse lettre dans une corbeille à papier et d'autres indices !

— C'est donc vous qui avez perdu la pince de votre fils ?

— Oui, mais là, je ne l'ai pas fait exprès. Je l'ai cherchée longtemps. Sans cette pince perdue, Alain ne serait pas mort. C'est à partir de là que j'ai compris que Dieu me punissait, car je ne comprends pas que vous l'ayez trouvée aussi facilement alors que j'avais ratissé l'endroit.

Elle porte la tasse de café à ses lèvres ; les rides de ses joues s'animent.

— J'avais prévu qu'un jour quelqu'un trouverait la vérité. Avec l'accident d'Alain, je vis un calvaire.

— Pourquoi ne vous êtes-vous pas dénoncée ?

— Oui, pourquoi ? J'y pense tous les jours, mais le courage m'a manqué. C'est vous qui allez le faire, n'est-ce pas ?

Elle avale sa tasse de café, la pose sur la petite table et lève les yeux vers son visiteur. L'ancien commissaire garde la tête baissée. La vérité l'embarrasse autant que l'ignorance avec laquelle il s'est habitué à vivre. Il se lève et sort sans rien ajouter.

Quelques jours plus tard, Joseph Puylieut est convoqué au commissariat de Tours. Mélanie Betoule est venue la veille pour s'accuser du double crime de Maubade. Elle demande la réhabilitation de Martial Peyrignac et veut être incarcérée. Le commissaire Nottat, qui a remplacé Puylieut, reste sceptique :

— Elle m'a dit que des guêpes justicières se trouvaient au Moulin des Louves, que ces guêpes l'avaient dénoncée ! Très franchement, je me demande si elle a bien toute sa tête.

Puylieut hausse les épaules. Pour lui, l'affaire Peyrignac est close. Il ne veut plus s'en mêler.

— Je l'ai renvoyée chez elle, précise Nottat.

— Vous avez bien fait, répond Puylieut. Cependant, Peyrignac innocent doit être réhabilité. C'est l'honneur de toute une famille qui est en jeu.

Examinée par un psychiatre, Mélanie Betoule est jugée saine d'esprit, responsable de ses actes et de ses propos. Le dossier du double crime de Maubade est rouvert. Le procès en révision a lieu au tribunal d'Angers au mois de mai 1973. Cette fois, Virginie et Joseph Puylieut se trouvent en bonne place dans l'assistance. L'ancien commissaire est à son tour réhabilité.

Il attend le début du mois de juin pour inviter tous les membres du clan Peyrignac : Élisabeth, son mari et leur petite fille née au mois de janvier, Vincent et sa compagne.

— Nous nous retrouverons tous au Moulin des

Louves pour pendre la crémaillère. Cette fête me tient particulièrement à cœur.

Le dimanche suivant, ils sont de bonne heure au moulin reconstruit. Le canal a été débouché et l'eau actionne de nouveau la roue à aubes toute neuve. Le four à pain fume : Grangean et quelques autres Maubadois se sont proposés pour le chauffer et y cuire la première fournée.

Tous les Maubadois sont conviés à venir trinquer et ils ne se privent pas du bon vin de Saumur que Puylieut a fait venir de ses vignobles. Virginie et sa sœur vont des uns aux autres, le pays se réconcilie avec la famille Peyrignac et le moulin maudit.

— Je n'ai qu'un regret, dit Puylieut. Les ouvriers ont détruit le guêpier qui m'a permis d'arriver à la vérité.

— Moi, je ne peux m'empêcher de penser à la pauvre Mélanie Betoule, dit Virginie en prenant le bras de Vincent. Je n'ai pas oublié les crêpes qu'elle nous faisait autrefois, les meilleures que j'ai mangées ! Sa vie a été un calvaire.

Des cris de joie montent d'un groupe de jeunes rassemblés devant le four. Une bonne odeur de pain embaume l'air.

— Madame Puylieut, dit Grangean en s'approchant de Virginie, le pain du Moulin des Louves est cuit. C'est à vous de le goûter.

Un ancien ouvrier de la Fabrique manie le manche de la longue pelle en bois et sort de la gueule de pierre de belles tourtes dorées.

— Désormais, dit Élisabeth en embrassant son bébé, le Moulin des Louves portera bonheur !

Ouvrages de Gilbert Bordes (*suite*)

Chez d'autres éditeurs

BEAUCHABROL, Jean-Claude Lattès, 1981 ; Souny, 1990
BARBE D'OR, Jean-Claude Lattès, 1983 ; Souny, 1992
LE CHAT DERRIÈRE LA VITRE (nouvelles), L'Archipel, 1994
DERNIÈRES NOUVELLES DE LA TERRE, Anne Carrière, 2001
UNE VIE D'EAU ET DE VENT, Anne Carrière, 2003
LES ÂMES VOLÉES, Fayard, 2006
LA PESTE NOIRE, XO, 2007
1. LA CONJURATION DES LYS
2. LE ROI CHIFFONNIER

Cet ouvrage a été imprimé en France par

CPI
Bussière

à Saint-Amand-Montrond (Cher)
en octobre 2008

La photocomposition de cet ouvrage
a été réalisée par
GRAPHIC HAINAUT
59163 Condé-sur-l'Escaut

N° d'édition : 49111/01. — N° d'impression : 083174/4.
Dépôt légal : novembre 2008.